EVITA VIVE

NÉSTOR PERLONGHER
EVITA
VIVE
E OUTRAS PROSAS

SELEÇÃO E PRÓLOGO
ADRIAN CANGI

TRADUÇÃO
JOSELY VIANNA BAPTISTA

ILUMINURAS

Copyright © 2001/2022
Néstor Perlongher/Roberto Echavarren

Copyright © 2022 desta tradução e edição
Editora Iluminuras Ltda.

Capa e projeto gráfico
Eder Cardoso / Iluminuras

Foto de capa
Edwin F. Townsend - Tony Sansone, cerca de 1930

Página 98
Fotografia de Madalena Schwartz/Acervo Instituto Moreira Salles.

Revisão
Renata Cordeiro
Monika Vibeskaia

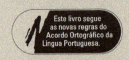

Este livro segue as novas regras do Acordo Ortográfico da Língua Portuguesa.

CIP-BRASIL. CATALOGAÇÃO NA PUBLICAÇÃO
SINDICATO NACIONAL DOS EDITORES DE LIVROS, RJ

P529e
2. ed.

    Perlongher, Néstor Osvaldo, 1949-1992
      Evita vive : e outras prosas / Néstor Perlongher ; seleção e prólogo Adrian Cangi ; tradução Josely Vianna Basptista. - 2. ed. - São Paulo : Iluminuras, 2022.
      136 p. ; 21 cm.

    Tradução de: Evita vive
    ISBN 978-65-5519-180-6

    1. Ensaios argentinos. I. Cangi, Adrian. II. Basptista, Josely Vianna. III. Título.

22-80794   CDD: 868.99324
                     CDU: 82-4(82)

Gabriela Faray Ferreira Lopes - Bibliotecária - CRB-7/6643

EDITORA ILUMINURAS LTDA.
Rua Inácio Pereira da Rocha, 389 - 05432-011 - São Paulo - SP - Brasil
Tel./ Fax: 55 11 3031-6161
iluminuras@iluminuras.com.br
www.iluminuras.com.br

ÍNDICE

Uma conversa apertadinha e banal, 9
Adrián Cangi

Contos, crônicas, algumas vaidades e uma diatribe, 13
Adrian Cangi

EVITA VIVE E OUTRAS PROSAS

Evita vive, 27
Azul, 33
Chola, ou O preço, 37
O sabra, 41
O informe Grossman, 55

CRÔNICAS

A prisão de Antônio Chrysóstomo, 67
Nove meses em Paris, 89

AUTORRETRATO

69 perguntas a Néstor Perlongher, 99

RETRATOS DE NÉSTOR PERLONGHER

Neobarroso: in memoriam, 115
Haroldo de Campos

A ousadia dos fluxos, 117
Roberto Echavarren

O jade ofegante da página, 123
Josely Vianna Baptista

Os três segredos de Fátima, 129
Glauco Mattoso

Nota sobre a obra de Néstor Perlongher, 133

UMA CONVERSA APERTADINHA E BANAL

Adrián Cangi

a *Samuel Leon*

O grande poeta rio-platense do barroco corpo ao chão morreu faz trinta anos. Mil novecentos e noventa e dois absorvia a bravura e a coragem política do poeta argentino Néstor Perlongher. Enterrado em São Paulo sob uma homenagem do Santo Daime, mudou a poesia e o ensaio de intervenção política na nossa América. Provocou uma alteração nos hábitos cotidianos e nos ritmos cósmicos, uma perturbação que tem algo de irreversível como a de Paulo Leminski e Wilson Bueno. Parece ter sido esquecido no Brasil onde fora célebre até o bestseller *O negócio do michê: prostituição viril em São Paulo*. Nessa época, sua palavra política circulava do grupo *Somos* até a imprensa pública, dos bas-fonds dos *dark rooms* do centro paulista até as aulas da Universidade de São Paulo, com um mesmo fim: reinventar as línguas do Brasil menor e tornar visíveis outras práticas de vida. Seus amigos de *gírias* de antigamente já não estão mais aqui: Roberto Piva e Galuco Mattoso, embora suas marcas poéticas tenham ficado como parte de uma geração à qual se entregaram. Perlongher os acompanhou em suas escrituras. Sua querida amiga Josely Vianna Baptista –tradutora minuciosa de Lezama Lima com quem desenvolveu uma colaboração magistral de tradução telefônica da qual surgia *Lamê*– deixou seu rasto. Ainda insistem com força de produção Jorge Schwartz e Suely Rolnik, com quem compartilhou escritura e projetos de invenção. Uma urdidura de amizades que acreditaram em outras políticas dos corpos e do desejo, parecem ter caído na sombra do esquecimento, embora resultem inesquecíveis fora do Brasil. Quando eu morava em São Paulo, compreendi melhor a frase de Tom Jobim, dita numa entrevista de retorno ao Rio de Janeiro depois de morar nos Estados Unidos: "Lá fora está bom, mas é uma merda; aqui é uma merda, mas está bom". Perlongher sente seu país estando fora até adquirir uma percepção desconfiada ante qualquer tranquilizante sensível ou epistemológico que deseje explicar o argentino. O Brasil foi seu mundo de vida e invenção.

A voz de Wilson Bueno me lembra: "desfrutávamos da conversa". "Apareciam muitos personagens em Néstor e tudo se movia ao ritmo de uma 'conversa' apertadinha, banal, numa mistura de línguas e vozes femininas prestas ao humor". Na voz vibra o milagre e os simulacros do corpo. O contato narrativo de cada semitom da voz cria mundos e desdobra efeitos. Penso em Perlongher sempre desejoso de encontros corpóreos, táteis e auditivos –plenos de imediatez e próprios da caça erótica, como quem pressente e lança feixes de olhares– como um minucioso cartógrafo de micro movimentos do desejo. Eu o imagino em suspensão telefônica até o final de sua vida com Wilson Bueno, a quem acompanhou em *Mar Paraguayo* com seu prólogo "Sopa paraguaia". Trata-se de um corpo afeito a uma subjetividade como suporte político, que joga sua presença no teatro da língua, em discordância com os variados tons do dizer. Enfiou-se no Acre amazônico, em Céu do Mapiá com quarenta graus de febre em busca do Daime, do *yagé* e dos *hinos*. Diante da teia de aranha do costume inventou uma língua que deixou seu espaço, como se sempre estivesse estado ali. Perlongher foi um duende dos efeitos. Nos mostrou que a literatura sempre vive dos restos e tira partido das declinações. O gesto lúmpen na língua se materializa num agarrar-se paródico à outra língua, numa cornija do sentido que pode se transmutar na retorsão, no "desejo de envolver-se no estilo" como gosta de dizer Gómez de la Serna. Paródia quer dizer, para o poeta, "canto ao lado de outro". Nesse canto se jogam deslizamentos de sentidos, pontos de deriva nos quais uma língua nacional por "efeitos metafóricos" se acoplaria à outra língua numa nova ordem aberrante. O poeta radicalizou a iconoclastia sobre qualquer material de leitura, inclusive sobre os gestos áureos sempre citados. O que fica de Lezama Lima são só explosões metonímicas, jogos referenciais, absorção dos procedimentos, pois o "neobarroso" em sua descida às margens do Prata –como um marquês de Sebregondi homossexual, ativo e delirante tropeça no barro de seu estuário– para montar paródias num campo aberto de constelações. O trânsito entre-línguas extrema uma experimentação pulsional, posicional e relacional que passa "por", "em" e "entre" os corpos. Para descrever estas práticas é preciso dizer que são os que vivem "através de" expressões preposicionais mais do que em zonas semânticas estáveis. Perlongher encontrou esta sintonia no poeta uruguaio Roberto Echavarren. Como Tulio Carella e Manuel Puig, dois argentinos que exploraram a paisagem dos corpos do Brasil, as flexões e declinações do corpo se correspondem como em Perlongher com expressões e declinações proposicionais. A crônica ficcional, os relatos ou ensaio se tecem de restos e excedentes que tratam a posição e a relação como um alargamento da ficcionalidade da lei. Os exílios forçosos e as *gírias* carcerárias se deslocam de um lado a outro das fronteiras e deixam suas marcas policiais e prostibulárias. Perlongher absorve no *devagar* de seus trânsitos eróticos o habitar turbulento enfileirado de traições para inventar o sedimento dos ritmos e dos restos. A indistinção dos sentidos entre-línguas é a única fidelidade. Caprichos, desvios e erros das linguagens transmutam as misérias cotidianas. O trânsito afirma o deslize e a mescla, a indistinção e o erro das linguagens à deriva que não respeitam os idiomas estabilizados. Nas terras do excesso: os restos eróticos e os jogos entre-línguas fazem o barroco caído –chapinhando no barro– na explosão de um gesto cintilante que faz tudo para convencer. Sempre alheio às essências, Perlongher revela traços, marcas, suplementos, todas funções operatórias capazes de inventar sonoridades e ritmos para novas figuras do dizer. A atmosfera barroca que o impulsionou entre poesia, ensaio e relato funciona como uma antropologia do desejo que põe em movimento e extrema uma filosofia antropofágica. Com seu gesto plebeu, conseguiu corroer e corroer aquela arquitetura de sombras e espelhos que o barroco clássico destinava ao mundo inferior, fazendo da atmosfera um fluido "liquescente" que torna resvaladiça qualquer percepção, sob a gota gorda do suor entre os corpos, extremando no excesso um estado do êxtase que nos permitiria aceder aos reflexos do mundo.

Buenos Aires, 22 de agosto de 2022

Tradução *Maria Paula Gurgel Ribeiro*

Capa de Evita vive *(São Paulo, Iluminuras, 2001)*
design e foto por Isabel Carballo

CONTOS, CRÔNICAS, ALGUMAS VAIDADES E UMA DIATRIBE[1]

Adrian Cangi

Contorção, histerese, iridescência e suspensão são palavras-chave no plano expressivo dos textos de Perlongher. Textos que constroem um verdadeiro tratado das substâncias, mantendo vivos o murmúrio do mundo entre os corpos, os rumores da impostura e, de través, essas palavras que entram em contato com as coisas mudas, com a gradação das sensações instantâneas, destinadas a se gastarem como climas sem registro. As palavras enunciadas definem estirpes, contêm filiações e prometem um caleidoscópico espectro do instante prazeroso. *Maesltröm* de uma potência verbal inusitada que lançará a suas praias o ríctus de humor e dor daqueles que se atreveram a aferrar-se ao olhar. No breve instante que dura a surpresa, a potência do sórdido será, sucessivamente, duplamente, uma vidência e a imagem de uma experiência-limite. Imagem — para alguns, miserável — de uma contorção espúria dos corpos; para outros, a suspensão de uma paixão inscrita entre os corpos, como um momento de iridescência que absorve a crueldade do real na palavra. A potência dessa palavra não existe sem dor, sem dilaceramento. Se o prazer que convoca não poderá ser, por sua condição, senão instantâneo, a potência, ao contrário, será essencialmente duradoura. Esse movimento verbal enlaça o abrupto, o corte afiado com preciosismos de bordados, renda e musselina. A frugalidade contrasta com o arrebatamento de

---

[1] Para esta edição foram utilizadas versões originais dos textos anotados por Néstor Perlongher, cujo arquivo, aos cuidados do Prof. Dr. Jorge Schwartz, no Depto. de Letras Modernas da FFLCH da USP, foi doado à Biblioteca da Unicamp onde atualmente se encontra. A organização deste livro foi possível graças a uma bolsa de pesquisa concedida pela FAPESP (Fundação de Amparo à Pesquisa do Estado de São Paulo). Resta-me agradecer aos que me ofereceram, tão generosamente, sua colaboração e afeto: Jorge Schwartz, Samuel Leon, Haroldo de Campos, Josely Vianna Baptista, Roberto Echavarren, João Silvério Trevisan, Glauco Mattoso, Wilson Bueno, Pedro de Souza, Isabel Carballo, María Teresa Celada, Oscar Cesarotto, Christian Ferrer, Osvaldo Baigorria, Sara Torres, Gênese Andrade da Silva, Paula Siganevich e Ana Cecilia Olmos.

uma violência impredizível. A linguagem própria da poesia perfura, feito mordidelas de atenção prazerosa, a narrativa da prosa, para advir oscilação indecidível. Linguagem que não é, plenamente, nem poesia nem prosa, mas um entre ambas. Esse "entre" alcança seu brilho máximo, como contorção das matérias, quando o sórdido é exposto como joia e o teatro das superfícies se desdobra em estranhas metamorfoses. As formas se transmutam em outras, tornam visíveis seus reversos, deliciam-se no impreciso e perfilam, ainda, o impensável latente de seus poderes. A palavra de Perlongher situa-se em uma zona instável, entre as delicadezas e os bastardos vulgarismos, entre minúsculos deleites e abruptas escatologias. Se fôssemos procurar uma imagem como quadro prévio a essa palavra, ao poeta agradaria oscilar entre o pontilhismo de Seurat e o efeito de embriaguez da paixão revolucionária de Delacroix ou a violência na sensação, de Bacon.

Jornal Nicolau, Curitiba, abril de 1993.

Escritura que registra, no plano expressivo, "as convulsões intempestivas, as microtragédias do desejo, os arrebatamentos, e também a fixidez", esse fundo último de segredo e de mistério arrasador. Obstinação e roubo de um fetiche são, para Perlongher, uma experiência que transcende sua visão em caverna e intensifica sua capacidade de alucinar tal objeto para expô-lo a viva voz. A cartografia de seus contos e crônicas busca, nas palavras de seu autor, fazer passar o uivo. Palavras que recusam toda melodia para se identificar profundamente com o limite, deslocado e revelado no jogo das aparências. A violência afetiva dos corpos é projetada na mitologia pessoal da prisão e do bordel, como espectros, através da noite deserta da crueldade do real. Em certos momentos a linguagem é crua, não digerida e própria da oralidade de uma experiência vital que pode tornar-se indigesta ao fazer irromper na cena literária o irremediável e o inapelável, aquilo mesmo que, no jogo dos artifícios, dá a ver seu despojo de atavios. A violência dessa linguagem produz incisões, abre talhos, porque aquilo que evoca é inelutável, excede a faculdade de compreender e, inclusive, a tolerância.

A estratégia do sonho de Sor Juana retorna em um Perlongher travestido de Rosa. Enigmático e mascarado, o poeta ora é Rosa Luxemburgo, ora Rosa L. de Grossman, ora Victor Bosch. Deslocamentos do estado civil e, também, singularidade, que discute historicamente no interior de uma cultura assumindo a voz das minorias. Os pseudônimos sob os quais Perlongher escreve nas revistas femininas argentinas *Alfonsina* ou *Persona*, e com os quais assina artigos sobre a repressão contra os homossexuais ou batalha pela derrogação de éditos policiais na revista *Cerdos y Peces*, não apelam para o anonimato, são parte da singularidade de um autor que procura instalar-se no plano de ruptura do gênero que seus textos instauram. Os discursos profanos, ilícitos, blasfemos são os que trazem, perante os riscos ou as crenças, um mascaramento que não pretende proteger o indivíduo real e exterior que os produziu, mas recortar o limite entre textos de um mesmo autor, estabelecendo zonas de vizinhança ou de passagem. Em Perlongher, a oscilação do gênero ou a mudança do nome próprio deve-se menos à busca da clandestinidade, à proscrição penal ou ao castigo sagrado do que à vontade de tornar o eu uma superfície de trânsitos e a língua um idioleto mutante, para além da identidade. Formas de um gesto que se confronta com o regime de propriedade e de identificação, inclusive do próprio corpo.

Capa da revista Cerdos & Peces (Buenos Aires, n. 11), onde foi publicado "Evita Vive".

"Evita vive" (1975), "Azul" (1985), "Chola, ou O preço" (1990) e "O sabra" (s/d) recuperam esses protocolos para torná-los, na ficção, um mecanismo de construção dos desdobramentos, das oscilações, dos diálogos íntimos de uma alma que se desdobra em feminino. Essa alma feminina sonda o enigmático, desfruta a suspensão diante de uma conjetura ou de uma encruzilhada. Alma inseparável de um corpo que se imiscuiu em um "mar de assombros", como diz Sor Juana. Aceitamos o anonimato literário apenas em sua qualidade de enigma. Enigma shakespeareano que, sob a forma do "como preferirdes", promete — conforme sustenta

Echavarren — uma aparição indecidível motivada pelo objeto do desejo. Um riso incontrolável abre as perguntas: é homem ou mulher? é prosa ou poesia? "Como preferirdes" constitui a maior irrisão ao gênero, e a afirmação de um devir. Uma tensão atravessa estes textos, que se deslocam entre o delírio poético e a contra-alucinação, que irrompe como marca de uma vivência. A eficácia destas escrituras, donas de uma sintaxe soberana, está em reinscrever na língua a dimensão do acontecimento trágico e evocar, com a distância bufa, o riso licencioso nos limites de uma economia do sacrifício dos corpos. Diz Perlongher: "pois é do corpo, afinal (Nietzsche e Artaud), que se trata. Trata-se, no plano da escritura, de fazer um corpo". Como Artaud, Perlongher sofreu corporalmente. Quando Artaud escrevia encarnava o Popocatépetl, e sua lava terminava por cair fria e excremencial com o desmoronamento central do velho corpo e a promessa intensiva de um corpo por vir. Quando Perlongher escrevia se tornava em um *maelström* de substâncias que, tendo acumulado a crueldade, a devolvia ao mundo sob a forma de "diarreias da cabeça" e "fogo dos ânus".

De diferentes maneiras, a violência sórdida e a liberdade expressiva se inscrevem em seus contos: em uma lumpenização de Eva, nas marcas da violência policial, nas derivas indecidíveis do eu ou na delação durante as ditaduras. Fantasmas que, no caminho, unem tortura e ardor.

Na coletânea de textos argentinos, fotocopiado e com uma bela anotação da amiga que o enviava, havia um, não menos estranho que os demais, "Mi hermana Evita", de Erminda Duarte. Perlongher sublinhava tudo à sua passagem, deixava marcas de suas leituras, anotava os textos, bastardeava ideias com grafias à margem. É peculiar que, nas quase duzentas páginas, apenas uma frase tenha sido selecionada: "Que sabedoria a sua! Uma mulher deve estar sempre arrumada, com mais razão ainda se for pobre". Jamandreu recorda que "o coronel Perón disse: Que venha o modista! Ele estava recostado em sua própria cama, tão pequena que suas botas ficavam para fora. Você vai se exibir com Eva, não?, disse-me, e eu lhe respondi, com essa petulância que sempre tive. Não sei coronel. Veja que a senhorita está com uma certa barriguinha...". Essa frase, também sublinhada por Perlongher, está impressa nas páginas de *El Libertino*, no qual a entrevista de Jamandreu convive com seu conto "Chola, ou O preço". Eram necessárias petulância e pobreza para que Eva fosse pensada a partir de uma experiência lúmpen. Muitos escreveram sobre Eva, mas talvez ninguém a tenha cercado de estranhas adjetivações grotescas, sem ressentimentos, com um amor louco, mas distanciado, e com um olhar tão agudo que se detinha em marcas plebeias compartilhadas. Essa mulher originou, em 1965, um breve conto de Rodolfo Walsh, dando lugar a uma peregrinação escritural incessante. Juan José Sebreli em "Eva Perón: aventurera o militante?", Copi em "Eva Perón", Horacio González em "A militante no camarín", Perlongher em "Evita vive" e, vale recordar, a ficção histórica de Tomás Eloy Martínez, que recupera a figura de Eva sob diversos ângulos. Sua figura é submetida a uma visada angular e aos deslizes históricos que se filtram nestas escrituras. Louca, bastarda, histérica, afeita à maquilagem sem perder a força da militância, e também a "puta mãe" que entrega seu corpo e seu amor ao povo, são algumas das marcas desses textos, que não se inscrevem na história moral. Perlongher faz coincidir seu desejo de "devir mulher" com o de Eva, em seus avatares cotidianos ficcionalizados e em sua prática política.

O poeta escreveu vários textos sobre Eva Perón em que, circularmente, parecia estar procurando resposta a uma mesma pergunta: como se apropriar de semelhante corpo e da força simbólica que mobiliza? Uma saga de mulheres atraíram o olho do poeta: a branca Camila O'Gorman, que "se deixa enredar por essa baba"; Mme. S., "adornada de galhos, de gladíolos"; Dolly, "a coxa, a que trepa com Deus?"; Marta, a linda mulheridade "vesga nos labirintos da maquilagem"; Chola, a joia de araque com toques de incrustações de uma alça; Ethel, "enlameada pela sede de um mendigo"; Daisy, sob o "escangalhamento desses saltos nas escadinhas"; Amelia, "a que viu o noivo cair com o freio ensanguentado, a glande";

Delfina, a que "fumava/lenço no pescoço"; e as proliferantes Tias que esquadrinham os estreitos interiores em seu cansaço e "trocam as gorduras dos pentes do sobrinho". Entre essas mulheres das margens reinou Eva Perón, a deusa soberana que levou o poeta aos extremos da fascinação. Ela exerce uma atração particular que a transforma em joia da poesia e do conto rioplatense, arrastando-a do altar aos limites do arrabalde. Travestido o corpo, travestida a escritura, a história é recuperada como ruína, imprimindo, na caducidade alegórica de um rosto-cadáver, a representação do erotismo e da morte. Contra as apropriações do poder, Perlongher ri, e enquanto foge revela as pistas dessas imposturas da história argentina. O poder não atua, na repressão despótica, sem uma promessa e uma crença à luz do dia: o corpo imolado de Eva é a figura da alma coletiva e a promessa permanente que busca no mito a manutenção de sua força. O poder despótico se infiltra, através de sua figura, fora e dentro de nós, projetando sua prática de domínio na história. Apenas em um tempo fora dos eixos, que perdeu seu ponto cardeal, pode-se ter acesso à matéria do corpo santificado, sem pactos, sem festejos imaculados, pela vontade de poder de uma vida alheia aos juízos morais, em que os afetos sejam os intérpretes. O desvario que nos projeta para fora da força centrípeta dos rituais populares nos devolve um outro corpo de Eva, não sem o risco de sermos absorvidos pelo furacão que sopra do paraíso e nos empurra para seu centro. Em um tempo fora dos eixos, abandonado pelos deuses, a lei do relato é disseminação, oscilação onde eu é sempre outro.

Com "Evita vive", Perlongher retorna à joia de coque loiro enaltecida pelo povo, rainha-mãe dos descamisados, que promete prazeres ao subúrbio. O poeta, mais do que lamentar sua entrega santificada à causa dos pobres, faz com que ela participe do gozo perverso em um descenso sulfuroso. É inerente ao esquecimento da história que o poder guarde segredos, algumas perversões e, para a saga, algum cadáver. Despudor e necrofilia são parte da história argentina, e também frugalidades de camarim. Estes contos encontram-se em pontos de passagem e em uma impostura compartilhada pela frase: "os nomes que dou aqui são todos falsos". Um empurrão, um coque que rola, o gesto de ajeitar uma alça e a figura do tira, produzem a transição de "Evita vive" a "Azul". Outra cena, um mostruário de torturas, um sistema de agressão dos corpos e um olho vigilante, descrevem o perfil da violência policial, entre "o casaquinho sobre os ombros" e "uma ampla roda de margaridas". Uma insistência da voz paterna da lei encarna-se no pesadelo azul: "você faz. Era verdade, o que lhe apraz". Não há decreto que detenha o gozo, não há detenção que amuralhe os prazeres. À delação e à liga de moralidade que patrulhavam as ruas dos anos 70 argentinos, Perlongher devolveu um sonho no relato: "disparar nas botas do pesadelo azul", e um gesto, o auto-exílio erótico em uma São Paulo que o poeta experimentou como visão do paraíso. No sonho da prisão se encaixava o sonho do bordel, "que é como um pátio da prisão". Nessa passagem ingressamos em "Chola, ou O preço", em uma cena vaporosa e carnavalesca, onde se materializam as marcas de outra máquina repressiva. No pátio do bordel, rege o fantasma familiar entre vozes cortadas, em diálogos de uma sintaxe muito concisa e em oscilação vertiginosa: era ela, era ele, elaele ou eleela. O fetiche da verruga brilhosa percorre a superfície dos corpos e une os contos: do salivário de Eva às sarjetas enfumaçadas de Chola. A referencialidade alucinada trasforma o narrador em personagem — testemunha ou falsário? Jogo em que o relato nos abisma. Néstor se desloca pelo magma da letra, entre o pátio e o vestíbulo, como uma velha cliente da *commedia dellarte* que faz, da história, uma historieta. "O sabra" exacerba o jogo das loucas referencialidades até o inimaginável dos deslocamentos. Convivem numa mistura monstruosa: operações próprias da falsificação borgeana, o prazer da prata no *Concierto barroco* de Carpentier, restos de "La noche boca arriba" de Cortázar, e fugidias marcas do delírio patafísico de *Ubu roi* de Jarry, vozes gauchescas de *Emma la cautiva* de Aira e ritmos estridentes de *O tambor* de Günter Grass. A transnacionalidade do relato, a falsa arqueologia dos textos, a estranha investigação — às vezes truncada pelo gozo — elevam ao paroxismo aquilo que era próprio de seus personagens nos livros de poemas: os exílios, os pactos e as traições.

As ilusões políticas, representações de momentos luminosos da história, não podem deter a "transa saponácea", ainda que "um general, um artesão da morte, branda espadas na sombra". Estas escrituras, herdeiras de uma ética da crueldade, definem uma atitude existencial em contradição com todo princípio moral, reclamando o prazer como seu único fim. Prazer que irrompe sob as formas da ironia e do gesto bufão ao ficcionalizar momentos e figuras históricas, aparentemente incomovíveis, e ao fazer de episódios esquecíveis da história cotidiana, emblemas da perversão. "O informe Grossman" revela na ficção, de maneira implacável, um debate mantido com os integrantes da revista argentina *Sitio* entre 1982 e 1985, com relação à guerra de Malvinas, e remete aos polêmicos artigos de Perlongher: "Todo o poder a Lady Di. Militarismo e anticolonialismo no problema das Malvinas" e "A ilusão de umas ilhas". Como uma pesquisa ao melhor estilo Burroughs, "O informe Grossman" leva à ficção os desejos liberados nas Malvinas. Recupera o uso de pseudônimos utilizados em 1978, quando o escritor assinava textos contra a repressão homossexual, e a transcrição de transas homoeróticas que iriam dar no *O negócio do michê*. O gesto humorístico funde a militância homoerótica, a polêmica intelectual de um espírito insurgente e a revolta pornográfica, que traz à tona a regulação da alma pela *scopia* do corpo própria do século XVII, a narrativa galante e panfletária do erotismo do século XVIII francês, o gozo obsessivo da maquinaria sadeana e a exploração narrativa de obras como: *Belle de jour* de Kessel (1922), *Le livre blanc* de Cocteau (1928), *Histoire d'oeil* de Bataille (1929), *Les onze mille verges* de Apollinaire (1930), *El coño de Irene* atribuída a Mandiargues e a posterior obra de Genet.

Capa de Prosa plebeya, Buenos Aires, Colihue, 1997.

A crônica sobre o caso Chrysóstomo revela uma devassa pelas sendas da imprensa marrom, em que se expõem, através do corpo do homem infame, as mitificações sociais da violação e suas relações com a homossexualidade. Perlongher investiga o processo com ironia e agudeza, revela as paixões de ódio e apresenta os intervenientes como uma verdadeira maquinaria da inquisição que, ao condenar um único homem, estaria fazendo isso com o próprio conciliábulo.

Com os contos e a crônica, eu quis que convivessem algumas veleidades que deslizam na entrevista, e uma maldição. Corriam os anos 90 e Perlongher escreveu "Nove meses em Paris" — parto estranho, político e polêmico. Ensaio de um marginal em Paris, disposto a realizar seu doutorado sob a orientação do autor de *Da orgia*, Michel Maffesoli. O poeta sempre se desdobrou em um invariável duplo lugar — o de intelectual argentino-brasileiro, sociólogo e antropólogo privilegiado nos meios e círculos acadêmicos paulistas, conhecido em todo Brasil por seu *O negócio do michê*. No ensaio parisiense, ele responde com indignação à elite intelectual francesa e à sua postura de gueto sagrado. Seu plano era ficar lá por quatro anos, quando, poucos meses depois de sua chegada, descobriu que era portador da AIDS. A doença, que combateu como construção do Estado Policial contra as possibilidades do desejo, afinal se encarnava em seu corpo. Sua experiência desejante ficou truncada, sua vida recolheu-se em um maior isolamento e em uma crítica às reduções da razão ocidental. Ao mesmo tempo, aproximava-se da religião, do "Centro Eclético de Fluente Luz Universal Flor das Águas", conhecido como Igreja do Santo Daime. Abandonou, de forma progressiva, a paquera, a busca ocasional, os programas de uma única noite. Seu desajuste emocional não é motivo para se ler seu ensaio. Aqueles que conhecem a proliferante ensaística de Perlongher sabem que a ácida ironia e a crítica implacável nunca faltaram em suas apreciações sobre o mundo. Os avatares transformam este texto em estandarte maldito de suas experiências. Este não é mais um artigo de sua radicalidade política como experiência do desejo, mas um olhar descentrado dos guetos que tanto combateu. Isso o transforma em peça necessária para aqueles que conseguiram confundi-lo com um acadêmico que procurava méritos na instituição. Perlongher, como era seu costume, enviou o artigo para várias frentes. Uma na Argentina, outra no Brasil, até onde os rastros nos permitem segui-lo. Na Argentina, a seus amigos da redação da revista *Babel*, que nessa época decretava seu fim. No Brasil, enviou-o ao escritor Wilson Bueno, para o periódico de cultura *Nicolau*, de Curitiba, onde também não foi publicado, em outro truncado projeto editorial. Sem dúvida, o estilo de Perlongher pode distinguir-se de maneira tão inigualável nessas arestas lacerantes de crueldade e ironia que poderia conceder outro título a este artigo: maldições sobre Paris.

Uma ética da crueldade e o prazer na ironia definem, em Perlongher, uma política de estilo que absorve e transforma a violência do mundo.

São Paulo, 2000

Néstor Perlongher e Jorge Schwartz. São Paulo, 1983.
(Foto: Arquivo Graciela Haiydee Barbero)

EVITA VIVE
e outras prosas

EVITA VIVE[1]

I

Conheci Evita num hotel do porto, faz tantos anos! Eu vivia, bem, vivia, estava com um marinheiro negro que pegara num rolê pelo porto. Naquela noite, eu me lembro, era verão, talvez fevereiro, fazia muito calor. Eu trabalhava num bar noturno, atendendo no caixa até as três da manhã. Mas justo naquela noite tive um pega com a Lelé, ai, a Lelé, aquela maricas invejosa que queria me roubar todos os caras. Estávamos nos agarrando pelos cabelos atrás do balcão quando apareceu o patrão: "Três dias de suspensão, pelo fuzuê". Eu nem aí, voltei pro quarto rapidinho, e ao abrir a porta... lá está ela com o negro. Claro, na hora eu me revoltei, o pior é que já estava no clima da encrenca com a outra e quase que parto pra cima sem nem olhar pra ela, mas o negro — um doce — lançou-me um olhar todo sensual e me disse algo assim como: "Venha, que tem pra você também". Bom, na verdade ele não estava mentindo, com o negro era eu quem caía fora de cansaço, mas ali, na hora, sei lá, o ciúme, o nosso cantinho, o que eu falei: "Bom, tudo bem, mas quem é esta aí?" O negro mordeu o lábio porque viu que eu já estava sufocando, e naquela época quando eu ficava atacada era terrível — agora nem tanto, estou, não sei, mais harmoniosa —. Mas naquela época eu era o que se poderia chamar de uma bicha malvada, daquelas de dar medo. Ela me respondeu, olhando-me nos olhos (até esse momento tinha a cabeça enfiada entre as pernas do moreno e, claro, estava na penumbra, eu não consegui vê-la direito): "Como? Não está me

---

[1] "Evita" pode ser considerado um verdadeiro conto maldito na história da literatura argentina. Blasfêmia, aguda compreensão do tema e ousadia unem-se neste texto, datado pelo autor em 1975. Antes de ser publicado em castelhano foi conhecido em inglês, como "Evita Lives", traduzido por E.A. Lacey e incluído em *My deep dark pain is love* (seleção de textos de Winston Leyland. San Francisco, Gay Sunshine Press, 1983). Depois foi publicado na Suécia como "Evita vive", em *Salto mortal*, n. 88, abril de 1989. A publicação deste conto em Buenos Aires causou uma polêmica pública, abordada em nota editorial assinada pelo Conselho de Redação da revista *El porteño* ("Un mes movido") no número de maio, publicando-se, além disso, uma resposta de Raúl Barreiros ("Evita botarate los dislates"), então Diretor da Rádio Província de Buenos Aires.

conhecendo? Sou Evita". "Evita? — disse, sem poder acreditar —. "Evita, é você?" — e lhe acendi a lâmpada na cara. E era ela mesma, inconfundível, com aquela pele brilhosa, brilhosa, e debaixo dela as manchinhas do câncer, que — na verdade — não lhe caíam nada mal. Eu meio que fiquei muda, mas, claro, não ia dar uma de boboca que se atrapalha diante de qualquer visita inesperada. "Evita, querida" — ai, pensava eu — "não quer um pouco de cointreau?" (porque eu sabia que ela adorava bebidas finas). "Não se incomode, querida, temos outras coisas a fazer agora, não é?" "Ai, mas espere", disse eu, "me conte de onde vocês se conhecem, pelo menos". "Isso já foi há muito, minha joia, muito tempo atrás, quase que nos tempos da África" (depois Jimmy me contou que tinham se conhecido há uma hora, mas são nuances que não combinam com sua personalidade. Era tão linda!) "Quer que eu conte como foi?" Eu ansiosa, ainda por cima já tinha a transa garantida: "Sim, sim, ai Evita, não quer um cigarro?", mas fiquei pra sempre com vontade de saber dessa mentira (ou será que o negro me mentiu?, eu nunca soube) porque Jimmy se irritou com tanta conversa e disse: "Bom, já chega", agarrou-lhe a cabeça — aquele coque todo desmazelado que ela tinha — e meteu-a entre as pernas, a verdade é que não sei se me lembro mais dela ou dele, bom, eu sou tão puta, mas não vou falar dele hoje, apenas que nesse dia o negro estava tão gostoso que me fez gritar como uma porca, me encheu de chupões, enfim... Depois, no dia seguinte ela ficou para o café da manhã, e enquanto Jimmy saiu para comprar uns doces ela me disse que era muito feliz, e perguntou se eu não queria acompanhá-la ao Céu, que estava cheio de negros e loiros e rapazes assim. Eu não acreditei lá essas coisas, pois, se isso fosse verdade, por que então ela vinha procurá-los na rua Reconquista, não é mesmo?... mas não lhe disse nada, pra quê?; disse que não, que por enquanto estava bom assim, com Jimmy (hoje eu teria dito "esgotar a experiência", mas naquela época isso não se usava), e que, qualquer coisa, que ela me ligasse, porque com os marinheiros, olha, nunca se sabe. Com os generais também não, lembro que ela me disse, e estava um pouco triste. Depois bebemos o leite e ela foi embora. De lembrança, deixou-me um lencinho, que guardei durante anos: era bordado com fio de ouro, mas depois alguém, nunca soube quem, o levou embora (foram tantos, tantos). No lencinho estava escrito Evita e havia um barco desenhado. A lembrança mais viva? Bom, ela tinha as unhas compridas pintadíssimas de verde — que nessa época era uma cor muito estranha para unhas — e cortou-as, cortou-as para que o troço imenso do marinheiro me entrasse mais e mais, e enquanto isso ela mordia seus mamilos e gozava, desse jeito era como ela mais gozava.

II

Estávamos na casa onde nos reuníamos para puxar fumo, e o cara que trazia a droga nesse dia apareceu com uma mulher de uns 38 anos, loira, com um ar bem de acabada, carregadíssima de maquilagem, de coque... Eu achava a cara dela meio conhecida, imagino que os outros também, mas era um pouco bobo, andava com Jaime, que estava se picando com Instilasa, eu segurando o garrote, comentei com ele em voz baixa e ele me disse alguma coisa como: "sem essa, cara, você sabe que sim", sempre com os olhos revirados, mesmo quando trepávamos parecia fazer isso de modo impessoal. Nós nos sentamos no chão, ela começou a puxar baseados e mais baseados, o cara da droga lhe enfiava a mão pelas tetas e ela se contorcia como uma víbora. Depois quis que a picassem no pescoço, os dois se espojavam no chão e nós olhando, Jaime só me dava um beijo longo, muito suave, nisso sim que era genial, porque dois pentelhos tripálidos despirocaram entre o gay e a velha e sumiram, mas os meganhas já chegavam na porta e em cinco minutos estavam todos lá, inclusive o subdelegado, putz grila, nos demos mal, ainda bem não havia nenhum menor, porque Jaime tinha feito 18 na semana passada, mas porra, meu, tínhamos pedido o batom a Evita e estávamos quase todos superchapados, tipo Alice Cooper. Os meganhas entraram muito decididos, o delega na frente e os polícias atrás, e o cara que andava com a mochila cheia de fumo lhe disse: "Um momento, sargento", mas o tira lhe deu um bruta empurrão, então ela, que era a única mulher, ajeitou a alça do vestido e se levantou: "Mas, seu pedaço de animal, como é que você vai prender Evita?" O oficialzinho, pálido, os dois polícias sacaram as pistolas, mas o delega fez um gesto para que eles voltassem para a porta e ficassem frios. "Não, escutem, escutem todos — disse a égua —, agora você quer me levar em cana, quando faz uns 22 anos, isso, ou 23, que eu mesma levei uma bicicleta em sua casa pro moleque, e você era um pobre recruta da polícia, seu babaca, e se não quer acreditar em mim, se quer fingir que não se lembra de nada, eu sei o são as provas". (Putz, foi um delírio incrível, rasgou a camisa do tira na altura do ombro e mostrou uma berruga vermelha gorda como um morango e começou a chupá-la, o cana se contorcia como uma puta, e os outros dois, que estavam na porta, olhando, primeiro se cagaram de rir, mas logo se apavoraram porque perceberam que, sim, que a mina era Evita). Eu aproveitei pra chupar a pica de Jaime diante dos meganhas, que não sabiam o que fazer, nem onde se enfiar: de repente o magrinho do tráfico entrou no circo e começou a gritar pelo corredor: "Gente, gente, querem levar Evita presa", o povo dos outros quartos começou a aparecer para vê-la, e uma velha saiu gritando: "Evita, Evita veio do céu". O caso é que os tiras entraram numas, largaram os dois pentelhos, que ainda por cima se faziam de bacanas, e ela saiu caminhando muito tranquila com o magrinho, dizendo, primeiro ao pessoal que estava no pátio, depois aos que estavam na porta: "Meus jecas, meus jequinhas queridos, Evita vigia tudo, Evita vai voltar a este bairro e a todos os bairros para que não façam nada a seus descamisados", putz grila, até os velhos choravam, alguns queriam se aproximar, mas ela dizia: "Agora preciso ir embora, preciso voltar ao Céu", dizia Evita. Nós ficamos queimando fumo mais um pouco e já estávamos indo, quando umas tipas nos fizeram ir até os outros quartos para que contássemos tudo — as mesmas que uma hora atrás tinham armado um bafafá daqueles com a gente. Jaime e eu inventamos a maior história: ela dizia que tinha de se drogar porque era muito infeliz, e, putz, meu, se a gente ficava down era insuportável. Claro, ninguém nos entendia, mas como não estávamos fazendo trabalho de base, apenas *public relations* para ter um lugar maneiro onde trepar, não nos importava. Estávamos pra lá de loucos e as velhas se debulhando em lágrimas, nós pedimos a elas que cortassem esse bode de bola, sim, total, meu, Evita ia voltar, tinha ido conferir um lance e já vinha, ela queria dividir um lote de maconha com cada pobre para que todos os humildes ficassem numa boa, e ninguém mais tivesse que engolir nenhum sapo, meu, nenhum tabefe.

III

Se eu lhe conto onde a vi pela primeira vez, estaria mentindo. Não deve ter me causado nenhuma impressão especial, a mina era uma mina a mais entre as tantas que iam ao apartamento da Viamonte, todas amigas de um maricas jovem que as mantinha ali, meio peladas, para que em nós, marmanjos, a coisa levantasse logo. O lance é que todos — e todas — sabiam onde podiam nos encontrar, no bar da Independência com a Entre Ríos. Ali o putinho do Alex nos mandava, sempre que podia, velhos e velhas, que nos adornavam com alguma grana, então depois lhe fazíamos o favor de graça e não íamos afanar o gravador dele ou suas becas. Dessa eu me lembro pelo jeito que se aproximou, num Cadillac preto dirigido por um mariquinhas loiro, que eu já tinha traçado uma vez no Rosemarie. Estávamos com os garotos bundando perto da banca de flores, então ele me chamou de lado e disse: "Tenho uma gata pra você, está no carro." A coisa era comigo, só. Subi.

"Eu me chamo Evita, e você?" "Boneca", respondi. "Claro que você não é um travesti, gracinha. Vamos ver; Evita de quê?" "Eva Duarte", me disse, "e por favor não seja insolente ou desce do carro". "Descer?, a minha não desce!", sussurrei-lhe na orelha enquanto ela me acariciava o volume. "Me deixe pegar na pombinha, vamos ver se é mesmo". Tinha que ver como se excitava quando lhe enfiei o dedo pelas calcinhas!

    E lá fomos nós para o hotel dela; o putinho quis me ver enquanto eu tomava uma ducha e ela se jogava na cama. Também, com o troço que tenho, fazem fila só pra olhar. Ela era uma puta esperta, chupava como os deuses. Com três metidaços acabei com ela e reservei o quarto para o maricas, que, na verdade, merecia. A mina era uma mulher, mulher. Tinha a voz apagada, sensual, como de locutora. Pediu-me que voltasse, se precisasse de alguma coisa. Respondi-lhe que não, obrigado. No quarto havia uma espécie de cheiro de morta que não me agradou nada. Quando se descuidou, abri um estojo e afanei um colar. Pra mim, o puto do Francis percebeu, e quando eu acabei de traçá-lo me disse, com a boca jorrando leite. "Todos os machos do país deviam invejá-lo, garoto: você acaba de comer Eva Perón". Nem dois dias se passaram quando chego em casa e encontro a velha aos prantos na cozinha, cercada por dois tiras à paisana. "Desgraçado — gritou para mim —. "Como você teve coragem de roubar o colar da Evita?"

    A joia estava sobre a mesa. Eu não conseguira passá-la adiante porque, segundo o Sosa, era valiosa demais para ele mesmo comprar e não queria me passar a perna. Os agentes de Narcóticos não me perguntaram nada: me deram uma bruta surra e me preveniram de que se eu abrisse o bico sobre o colar me arrebentavam. Dessa quebrada e do apartamento dos veados, nós, os vadios, nos borramos de medo. Por isso os nomes que dou aqui são todos falsos.

AZUL[1]

"... repleto agora de uma serena comiseração."
Juan José Hernández

... de uma serena comiseração. Repleto. Percorreu as salas — gastando a sola dos sapatos — e na saída dos toilettes encontrou envelopes de plástico com um pozinho branco e calcinhas de nylon espalhadas pelo tapete de corda — algumas manchadas de cinza ou de barro. Tinha sido a polícia! Que os plantara ali! Em sua ronda! / Dourado descia as neves do karma, severo, com uma serena comiseração. Ao seu redor, olhava: e via os olhinhos ardentes dos perseguidores nas moitas, confundidos entre os brilhos de opala e essa difusa fumaça das ruas, ali os carros dos anjos, com seus faróis azougados, néon e lantejoula, na doideira de olhares vidrados: dos carros, eles veem: *voyeurs* de pirilampos, malditos/ São uns Filhos da Puta / como se tivessem uma estaca no ânus, por essa firmeza de alumínio — e o sonho da bala estourando-os —, escamosos como a membrana de peixes práteos, alongados: é a cor que dá a cadeia. Que ácido!: esse gosto de boca de delegado que fede a tabaco ranço e a quartinhos, quartinhos azuis onde ela pendura seus casacos de coelhos furtivos e se apronta para orar, como quem mija; e ungido furão; banha de ratazanas, de ratazanas devorando o pão dos presos que jogam no campo, e um ar de cuecas ensebadas. E as esposas dos presos — mãe presa — levam-lhes tomates e coxas de frango aos domingos; e eles fumam nas escadas, com uma só mão. Tiram as roupas das visitas, erguem-nas sobre um potro e as submetem à prova do ânus: que é deslizar por ele um bastão — e sem vaselina — "para mostrar a firmeza"/ "que tem a polícia" — um ânus canta; os uniformes passamaneirados e esses botões de ouropel, contra os

---

[1] Este relato foi publicado na revista *Pie de página*, n. 3, verão de 1985.

quais a bala — ouropelados — se choca. Mas não são insensíveis ao fogo: ao fogo dos ânus, às diarreias da cabeça, ao napalm dos ovos. Não Há Outra Maneira de Acabar com Eles. É uma questão de método.

Percorria — num pé só — as escadarias da ala 15, estrotejando, e jorrava um filete do olho, espreitador — e espreitado —: ou seja, já tinham visto: que ele tinha olhado para um delicado rapaz, e visto uma cobra de cristal fumê enroscada em suas coxas; ou imaginado o ânus desse rapaz, numa agradável reunião, amaciado contra uma balaustrada. E isso era visto de uma cortininha. Pelos vitrais encharcados, flutuam as hábeis amazonas de Toxi, sulcando o sumo com sinos: com um desejo comovedor: ... o de encontrá-lo quando você faz isso. Reconheça, vá, você faz isso, e nem tão escondido assim: ouviu-o o sentinela arranhar os tapetes do living? E sua mãe? O que será dela quando o lembrar? Dançavas um bailado espanhol, com uma saia rodada e uns saltos de tule; e enfiaste um dos saltos no próprio pescoço, tonta, mariquinhas estaqueada. Desde criança. Desde menininha que estão atrás de ti, e tu que sais sem nem um casaquinho, jogado assim sobre os ombros, no sereno, olha. Está fazendo isso outra vez. Eu disse que não tentasse de novo. Sempre faz isso. Fica fazendo isso a todo vapor até que chega o lobo e diz: você faz, vamos lá, faça outra vez, me mostre como faz isso. Não faço isso de jeito nenhum, nunca fiz. É uma questão de método:

— o método longo, chamado de "acanalado", recomenda ficar deitado como um lagarto e lamber as úngulas dos cães, a boca das grutas, a rígida glacialidade dos portões de ferro, cascavel, cascavel;

— o método curto, chamado de "lilás", consiste em corolar como uma flor até que a atravessem — mesmo sabendo que farão isso: trevo e revoluteio. Este último dá um furor melancólico, certa raiva de velhas. Eles sabem: será preciso se fazer de rato, ficar quieto, ser cada vez mais mosca, mais aranha; e se enroscar pelos armários, como uma jiboia umedecida, que é pendurada em seus drapés, e mofo: desse *foulard*. (E eles veem mesmo as gazes rançosas?) E se embotar em pavoneios — "oh, claro, você estava sozinha" —, enquanto o mate se liquefaz, azul.

Ou seja: se cada um atirasse sua granada, uma granada diminuta que se levasse como um pingente — e você disse; deveria ter ficado quieta, eu devia ter mentido? —; e estouraram, despedaçando-os como bolas chinesas. Também não suporto ver sangue. Há entre eles cabos para atar, *majos* tropeiros. Como se ainda existissem! E aquele encanto de seus brocados, de seus ruges? Quem não sonhou um dia com essas jaquetas, ilhoses e brins... São dois sonhos, dividem-se em dois grandes sonhos, como uma nódoa de piche, são eles:

— o sonho da prisão: o bando escolhe um, e aquele que empresta, o brega amancebado, o amor aos mancebos, o tufo desses mancebos musculosos que picam: o mambo da pica — picar ou ser picada — e às vezes depilada com redes de arame, que quadriculam os pedaços, núbios — e os morenos dá-lhe entrar, no saqueio: grade e ponha;

— o sonho do bordel: que é como um pátio da prisão, onde eles servem bacardi a marinheiros encapuzados, e alguém pica suas ancas, com a manopla enluvada de carne: rugosa esfregadura a dessa pica contra os canos do lavabo, escoadouro entope essa presteza de funda rígida que arremetida se afoga: essas tampas

... que se abrocham. Percorria — comiserada e suave — as estâncias, passeava o ming entre jarras de outra dinastia, que teve a virtude de ser vencida sem apresentar batalha: as ninfas debandaram diante do exército de sátiros, chulos sombrios com um disparo na braguilha, e as madames destrançaram seu toucado de copos-de-leite e de rosas, e fixaram a permanente! Nos furta-cores caracóis, a moda blue. Você faz. Era verdade, o que lhe apraz. Faz agora, fez antes, faz bastante. Diga-lhe que nestes xales os cintilhos se amarram nas costas, deixam flutuando feito moloides os seios arroxeados e rematam em ampla roda de margaridas. Assim você percorria, tocada pelo áraque, os corredores da delegacia.

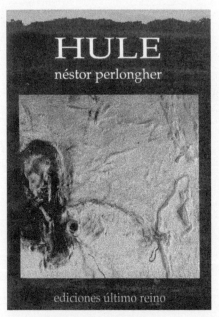

Capa de Hule, *Buenos Aires,
Ediciones Último Reino, 1989.*

CHOLA, OU O PREÇO[1]

E eu era ele, aquele dos cinemas, com a perna amputada — e esse olho, joiesco, e essas olheiras na axorca, no lustro do cepo: eram dela? talvez?: de seu olhar de vaca lentamente crispado, e esses balões flutuam, como máuseres, na sala costeira. E eu me aproximava como um beija-flor com um ramo de açucenas molhadas, e lhe dizia: "não quer este quarto?" Ela me respondia que o quarto não era dela, mas da cunhada, que, no momento, brigada com seu irmão, jazia nessa alcova. Frisava o "jazia" com trejeitos de velha prostituta!, e suas pulseiras — e anéis — tamborilavam no mármore! pintalgado! — Como? Não está me reconhecendo? Mas eu sou o seu filho! Seu filho?, disse.

Ela me respondeu, encarando-me (até agora estava com a cabeça enfiada entre as pernas do moreno, na penumbra, e na certa não me vira): Ora, você não deve ser meu filho, e sim um filho da puta que diz que é meu filho só pra me comer de graça naquele enxergão onde meu cunhado está dormindo agora — frisou agora, de viés, a palavra "enxergão", entrecerrando os olhos — e nessas pálpebras veladas!, e nessa amarga senectude! Pueril, pueril. Frederic teria dito: pueril demais. Se ela não tivesse apanhado minhas mãos, que pendiam, pálidas, na buzina dos bagos, e dito devagarinho: Eu lhe faço um preço igual, se quiser — olhando de esguelha para a cama da velha. E eu tinha, na minha frente, essas mulheres descabeladas que lavam a xota numa bacia e jogam os fetos nas calçadas, eu.

Eu era uma antiga freguesa da casa, dessas de anos, que pagava – ainda que um preço módico — pelo toque de suas peles, e o rutilar — azul — de suas sandálias, e toda essa poesia. Sim, eu a possuía, mas em ocasos, e era como um desmaio: assim que sua boca de caracol depenado bandeava para o lado das fossas; e o cheiro, no forno, era indisfarçável. Eu era seu macho, nessas mísulas — gôndolas do

---

[1] Este conto foi publicado na revista *El Libertino*, n. 1, 1991.

canal, bolotas olorosas. Nessas gárgulas, bandida. Eu era sua fêmea, sua mulher, e ela pintava as tetas de marrom e dizia: "lamba"; e eu via — ainda que meio borrado – suas lantejoulas ladrilhadas e o baldaquino de suas pérolas, drapeada prataria! Eu era isso que cerzia, isso que fincava. Aquela que, babando nos brincos, me deslizava pelo torso — ouvindo o gemido dos nácares, como de prata velha — e me enfiava até o fundo dos pelos, com um golpe na cabeça. Ela não me deixava respirar; "gema", dizia, quando eu reclamava (a meia voz, tinha a cabeça atravessada entre as pernas do moreno, e estava no rumorejo, certamente não a ouvira): Sou sua mãe, não se lembra de mim?, sua mãe, estava tão pintada nessa escarcha da folia, à frente das rumbas, mas é claro, eu peguei você, não minta pra mim, que conheço essa berruga brilhosa que você tem no ânus (e tudo isso enquanto me comia). É claro, não acreditou em mim, disse-me: Eu sou seu pai — mas tampouco acreditava nisso —; embora soubesse desses terrenos, enfumaçados, das roubadas e desse comércio nas flores-de-sapo, nas sarjetas. Mas quem souber de sarjetas, mesmo se recordar vias florescidas e relógios perdidos, ou furtados, diante do passar do trem, o Estrella Azul de la Mañana, não há de ser meu paizinho, embora me embale quando me aconchego e murmure baladas... Como esta: "............................/...................................." Ou, talvez: ....

Não, deve ser apenas um acaso, disse-lhe, quanto é?, e revirei o moedeiro atrás dos centavos que me faltavam para fechar a conta, dizendo: Aí está, o que você quer mais?, enfie no cu — mas o caso é que não tinha nem pra vaselina. Por isso, se encontrar essas echarpes, mande-as pra mim; a que tenho está cheia de chatos, e me dá coceira no pescoço. Mas não era desse cano de pistola, dessa tromba, que eu me lembrava, e então pensei: este sujeito não deve ser meu pai, deve se fazer passar por meu pai para cobrar mais. Repeti: quanto é? como quem paga e parte. E então apareceu por ali a estúpida cabeça de minha irmã, não aguento ela; é cafetina de um hotel, em Mar del Plata, que recebe turistas: num cômodo tem finlandesas, no outro filipinas; quando um cliente se queixa do calor, manda-o para o outro; quando se queixa da glacialidade, manda-o para o outro, para o ártico, para o nórdico. Manda-o sempre para o outro. Manda, manda. Vai pra puta que pariu, porra , disse-lhe, o que está fazendo aqui, sua filha da puta, que não trepa com o bosta do seu marido, ele a deve ter larga como uma coxa (nessa época eu estava obcecado por ligas). Fique quieto, Néstor, por favor — disse-me com a voz áspera (e lembrei que ela usava umas ligas abombachadas que chamavam de "ligas de Paris": nessas horas a gente sempre se lembra de alguma bobagem, e eu me lembrei disso, de suas ligas: e as prendia nos pentelhos, a filhíssima da puta).

E agora você vai me jogar na cara o lance do papai, qualé, faça-me o favor — disse-lhe. Não — replicou, brincando com as joias de prata bengali que tinha engatadas nas gengivas (e isso acontecia com ela desde menina, uma vez tinham lhe colocado um aparelho, e sua voz... soava fanha como um bandolim, como um flato) (até esse momento tinha a cabeça metida entre as nádegas do moreno, e estava nesse farejo, claro que não a vira); e disse: Não, não — repetiu, enrolando o coque e sentando-se num pufe cheio de calças usadas e cuecas com peidos de ameixa (porque ele adorava ameixas secas) — sim, papai faz muito bem em querer cobrar de você, mas o negócio não levanta; para fazê-lo chegar lá, só há um método (minha irmã se tornara trotskista depois dos anos passados em Domínico, num jardim de cativeiros cholos: ela representava *La Cautiva*, e mamãe, *El matadero*: tudo isso acontecia em Lugano, havia um problema de lugar, de tempo). E apontou para a porta do quarto, onde estava a gorda, feito um esperma, com essas hemorroidas de Teflon, as chochas; e abria, como quem ia agarrar, os braços — banhentos, pilosos braços.

Eu era uma velha freguesa da casa, de modo que podia ir embora sem pagar. E disse: quanto é? E papai, bêbado (tinha me esquecido de lhe dizer que minha irmã montara e gerenciava um armazém de artigos em geral, com esses balcões para a peonada — e que agora estava sentada sobre um pufe) tirou a chinela — só vendo o velho quando ele brandia a cinta e a surrava (não lhe contei que tinha ficado rica vendendo azeite La Patrona para as esposas dos donos do campo, ela era muito viva!) — Sua espertinha, respondi, sou uma antiga freguesa da casa e pago quanto quero e quando quero; e esse negócio de pagar na entrada (era preciso deixar os relicários e ela os sondava, depois lia as cartas em voz alta) faz mais de seis meses que eu não faço.

Ela me respondeu, olhando-me nos olhos (até esse momento tinha a cabeça perdida entre os bagos do moreno, e estava na maior, na certa não me vira): Você já vai, Néstor? Está pensando que porque sou sua irmã vou deixá-lo sair sem pagar, otário, e a grana dessa roubada escapar por um berço (mesmo que seja dourado, sim, está me parecendo um pouco verde, agora; deve ser o vinho), não; e eu tenho de manter este relato, Néstor: porque se eu deixo você sair sem pagar, amanhã aparece qualquer versejador de subúrbio (separou-o, deu uma espécie de gargarejo) e me traça de graça as pupilas: negócio é negócio. (O negócio do zero: minha irmã lera Lyotard e agora tossia, estava roxa de raiva). Sou seu irmão, disse-lhe (respirando: até esse momento, a cabeça, as vergas do moreno, tudo estava confuso como uma ferida antiga: essa blasfema), e como sou seu irmão, não pode me fazer uma promissória por uma bobagem dessas: na obscuridade, neste bordel, o velho parecia mais jovem (tinha um pau anquilosado, mas dobrado em vários degraus: e cobrava por pedaço; o negócio era sair sem pagar antes que ela me mandasse pro xadrez: e já estava com a mão no telefone e eu estava sentada sobre um pufe, cheio de velhas, de impagáveis calçolas). Eu? ou era ela? Ela ou eu?

Era uma velha freguesa da casa, entrada em anos. Costumava me deitar no jardim, num desmantelado sofá, sob as amoras; e eles me pagavam em parte.

O SABRA[1]

Escrevo sobre umas dunas. A máquina está instalada numa pequena casamata de onde se controla o Neguev. Os médicos judeus, vestidos com longas babuchas de lamê, brancas — é esse o uniforme de Kautsky, que vem até mim, assim vestido: plástica a viseira, o barrete frígio —, acabam de descobrir, através de experimentos feitos com prisioneiros, que a homossexualidade é um vírus; que afeta as funções motoras. As máquinas espalhadas por toda a região, penugentas. Um policial militar se aproxima, mostrando-me a marca da incisão labial na glande, da circuncisão que se pratica a fim de proteger as tribos do deserto de

cortes.
O tratamento são os talhos inferidos nas partes baixas dos sabras. O tema dos sabras obceca os médicos judeus desde 1933 (ou 36), tendo feito circular artigos hoje clássicos: de Magnus Ullrich, "Os uranistas e suas mãos", in *Neuropathologic Review*, n. 27/28, Boston, 1931; de Friedrich Liebnecht, "O pé direito do andrógino" (*Archiv fur Sexualpathologie*, mesmo ano). Já as munhecas seriam tratadas, de modo indireto, por Augusto de Las Casas em "A síndrome de Goya", publicado inadvertidamente na *Revista de Teologia da Universidade de Zaragoza*, 1934, e imediatamente colocado na fé de erratas do número seguinte. Tal revista seria fechada pouco depois da entrada de Franco em Madri, em 1939. Todos esses artigos baseavam-se, por sua vez, em pesquisas praticadas pelos autores sobre corpos nus de sabras.

Colocava-se o corpo, submetido a uma pressão de 2000 graus, numa caldeira — frequentemente improvisada no fundo das casas, devido à precariedade de meios da época. Tivemos a oportunidade de

[1] Inédito, s.d.

assistir, em 1958, ao *remake* de um desses procedimentos, preparado especialmente pelo Museu de Ciências do Homem, de Illinois.

A caça ao sabra começava ao amanhecer. Escrevo desde umas ondas, em cujos vaivéns o mar, as palpitações dos couraçados, a prateira de prata, prata do bolso de um marinheiro que a deixa cair sobre o servente, num couraçado: em bandeja de prata. Nessas ondas cujo deslizamento antecipava períodos de bruma, e uma retórica do atrevimento. O abandono desses bolinhos de pombas que deixavam cair do alto de uma caldeira *acesa*.

O corpo, encontrado de tarde num restolhal — atoleiro — da costa: as lajes que da quadriculação desse corpo sairiam, pensava Kautsky, já que o pozinho desses freios, satisfeitos, caldeados, pela excitação desses disparadores de fotos cálcicas, de época: épica da imagem; a excitação — nas caldeiras —, era preciso ver a noite de costas: nessas saunas cujas caldeiras acesas calcinavam a figura — corpórea — do sabra.

Por que o sabra? — vão acabar se perguntando aqueles que sabem, os antikautsky, representados na Alemanha pela obra-prima de Stephen Schwarzberg (cujas iniciais SS provocam mais de uma confusão). Órgãos esses que para SS não se quadriculavam no limo, mas no volume da piscina; o que aludia às condições peculiares do experimento — realizado em grandes piscinas de azulejos marmóreos, com corpos de ginetes equestres, era a fuga da Prússia, azul, ubuesca, o mamarracho dessa fuga, os cavalinhos gordos de Emma, as águas do Pillahuinco (que em linguagem local quer dizer "legumes frescos") afluíam às piscinas.

Toda uma teoria hidráulica do objeto, que Schwarzberg usufruiu amplamente, a partir de sua "assessoria artística" de Leipzig: o deleite dos teóricos diante desse corpo nu do sabra, na consagração dessas parteiras, e diante dos trejeitos, e diante das tatuagens, e diante dos tecidos desse corpo ("rendas", em português) que lhe pendiam do queixo, do sovaco e do saco; e apareciam "retratados" nos azulejos da piscina.

Filtrado dos corpos — as substâncias oleosas pelos mármores.

Eram como aquários em cujo seio o corpo enrolado num sisal de circunvoluções, ou volutas, batráquios, ou seja, era como se deslizassem sobre o corpo molhado um roupão de capivara no ar frio de uma madrugada austro-húngara.

Tudo muito europeu: Espelhos d'Água, Leipzig, Viena, a catedral de München — com o cadáver de Edna Müdwen pendurado no badalo.

Este é um documento antissemita. Testemunha os experimentos feitos por médicos judeus no deserto de Neguev — sobre cujas dunas escrevo estas anotações apressadas, ameaçado pelos censores israelitas que virão ler-me.

Em que consistiam esses experimentos?

Datavam de 1932 (ou 26, as datas mudam de autor a autor, de referência a referência, de um ponto a outro), mas o ponto desses experimentos (estou escrevendo "O sabra" aqui, de Israel, e minha mãe é judia) adquire relevância com a descoberta, em fevereiro de 1938, dos primeiros cadáveres.

Confundidos entre os milhões de cadáveres dos campos de concentração, estes — os dos sabras — apresentavam uma característica específica. Em cima do lábio, praticara-se uma incisão, e as linhas de seu traçado seguiam as indicadas pelos regulamentos arianos da época.

O Regulamento da Prisão de Kalzburg, redigido pelo Dr. Rudolf Schmidt, fala em "incisão". Kalzburg é o único setor dos campos de concentração que continuou funcionando sob ocupação russa; e isso se explica: com a entrada na Pomerânia, os exércitos soviéticos — cujos traços mongólicos, ou mongoloides, podem ser vistos muito bem em *O Tambor* — deram rédea solta à fascinação ("apalparam-na", impregnados que estavam do sentido último do toque, e debandada), que emprenhava as imagens dos cadáveres sabras, de seu gozo regozijador, desde a ocupação da Ucrânia. Em cujo curso oficiais sabras teriam consentido em entregar cadáveres cegados, e cevados com terebentina, aos "sublevados de Sebastopol" — nome com que o episódio ficou difusamente incorporado à bibliografia bélica. Essas disputas hermenêuticas acabam interceptando o leitor além da conta, na valeta do saber. Enquanto isso "doem as unhas" daquele que escreve.[2]

Peplos, cascatas de unhas. E justamente nos cadáveres dos sabras encontrados, já em 1946, e à beira do Dnieper, o comum era a laceração produzida sobre a superfície que rodeia as unhas — toda uma "mitologia das equimoses", interpretada a seu modo por Di Lorenzi em seu inachável "O lado fino da unha". Di Lorenzi (cujo nome não soa verdadeiro) segue *Os argonautas do Pacífico*: "... argo ou não nauta, era uma argola que se colocava — colige-se — sobre o ligame do adulto sabra, previamente a sua relação com o menino sabra." As manchas do vexame ficavam gravadas nas cutículas.

O testemunho da manicure de Hans, Ana A. Schmidt, é significativo: "Descascávamos sobre os ovos dos sabras as cascas das batatas — era a única coisa que se conseguia, na época, dos soldados alemães, chamados de "expedicionários do deserto"—; e há umas fitas, filmadas no salão de beleza de Margot — que nesse tempo era um lugar muito fino para unhas — que refletem tudo: é que na película dessas cutículas nós pintávamos, com uma tintura fosforescente da casa, chamada 'Margarez', que hoje é muito difícil de conseguir, umas plumas, ou boás, que dizíamos que era um jacinto guatemalteco e que chamávamos de 'quetzal' — uma porcaria de

---

[2] "Doem as unhas". Expressão utilizada na época da impressão deste artigo para denominar a sensação de estiramento entre a cutícula e a superfície calcária do que se denomina — na gíria local — *unha*, ou, ainda, *unhão*, que se confunde, na Bahia, com "união", dando pé a uma insuspeita relação entre a unha e o social.

um xarope: porque as minas o tomavam e acabavam crescendo-lhes uns peitinhos na bunda, em forma de cruz, que nós chamávamos de 'peitinhos margarida', e dizíamos: 'essa encara todas, o que vier, que louca, estão lhe saindo uns *peitinhos margarida*'. Até a SS local tentou manipular essa tinta para unhas, no Congresso de Laboratórios de Düsseldorf, 1932, ou 33, era verão, sim, eu me lembro porque as clientes pediam muito o "nevado transplatino", outra invenção das manicures da casa, copiada e popularizada por uma manicure hoje prófuga: a célebre Muchachita Dubois (Petite Dubois), da qual não se pode falar, com aquele método "nacarado goma"; mas o prateado dessas cutículas, desses chumbos, causavam estiramento, uma tensão entre a carne da mão que avança sobre a unha, e que se prende na cutícula como um barbante, perdoem-me que os chame assim, um laço; nós que se faziam nessas unhas dos sabras. Porque o modelo era o 'menino sabra'".

A introdução do menino sabra no *slang* das cabeleireiras e manicures do Reich não deixa de ter suas ressonâncias: legíveis na angulosidade desses retratos. De "Menino Sabra em um Retrete" — exibido na exposição de Arte Pedagógica de Bruxelas em 1939, e presumivelmente queimado pelos nazistas — dizia um jornal de Túnis: "A anfractuosidade do coto, no numinoso desse dedo; a calcinação desse sopapo — certamente proferido na multitudinária solidão da Caaba —, e o acabado dessas gelosias — cuja execução demorava anos, e cujos praticantes eram obrigados a prostituir-se analmente para a soldadesca líbia, ou italiana —, era o enamorado". Enamorado ou orla, o certo é que essas manicures estavam bem por dentro das práticas de flagelação e mutilação: confecção de um coto nos dedos dos meninos sabras e implantação, sobre esses cotos, de trabalhadas e resplandecentes unhas.

Um menino sabra, morto

Seria o tema do sabra praticamente desconhecido em espanhol até a edição mexicana de *Memorias de Jeremías Barth, asesino de sabras*, de 1958? Não: porque uma edição cubana superava, anos antes, amplamente a riqueza da posterior, incluindo um gráfico da preparação do jovem sabra, que agora reproduzimos:

pau → (figura) ← anel "interdito"
← figura "vaginal" (inguinal)

Relação que, a seu modo, já fora resumida pela dentista austríaca Edna Müdwen em seu esquecido *Catafalco*. E que não deixa de refletir, mesmo estando erroneamente traduzida, as mesmas preocupações de seu mestre, o sábio Dussenfold, a quem se reporta:
"Já as fotografias introduzidas na edição de 1932 interpretavam bem este clássico romance sefardim:
   por entre as costelas do ferido
   abre caminho uma adaga, e essa adaga
   é para o ser
   o que é para o arado estar diante da tormenta...

E outro poeta judeu antecipava:
   é para esse éritro de ferido o que sua adaga, pênis penetrante, penetra no anelo desse vício: já que na lassidez dessas munhecas, *o ânus sabra ri, relaxado*"

O grifo é meu, e faz alusão ao erro de Edna quando traduz:
o ano dos sabras ao relapso

O poema acaba assim:
alfaia a desse lamê reduzido a cinzas

Porque essa dor era desviada de eixo, ernocêntrica, já nos primeiros trechos. Erna, em suas *Memórias de uma Cantora* (1954) revela: "A dor causada num menino sabra pela penetração de um eixo cervical na fenda, só é comparável ao estouro de um magma de cristal nos ouvidos". A rimada concepção erniana da dor sabra não era, contudo, original; já em 1936, Abraham Consoli percebia: "A natureza da dor na perfuração de um 'menino sabra'... deixa muito a desejar... o gemido que um menino sabra emite ante a fratura de uma superfície de cristal em seu mindinho". O estilo de Consoli complica as coisas; assim, entre "uma" (uma?, unha?)[3] e "superfície", introduz uma descrição da tortura do sabra: "Unha e dente, o asterisco que assinalava, como um manto amargo, a superfície do que desliza, aquoso, ante esse ofídio elétrico..."; e há um gráfico:

Três décadas depois, a mulher de Consoli, Beba Rossi, publicava, numa revista de suspense, este esquema:

[3] Jogo intraduzível, em espanhol *una / uña*.

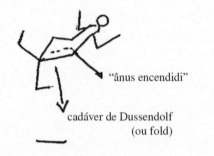

"ânus encendidi"

cadáver de Dussendolf
(ou fold)

porta da cozinha

O que é que a doce Beba (morreria em Banfield, em 1976) entrevira ao falar de "ânus encendidi"? Edna — que curiosamente militava no trotskismo quando da morte de Dussenfolf (ou dold) — é categórica:

"O ânus encendidi é, tal como diz Dussenfolf (ou fold), o ânus de um sabra."

Como Edna podia ter acesso aos apontamentos de Dussenfold, sem fazer qualquer referência a "O Espírito dos Sabras Montanheses Postos ao Amparo da Revolução Argelina" — texto que a Declaração da Independência Sabra de 1963 veio a sepultar? Isso se Edna não esteve envolvida, ainda que episodicamente, no assassinato de Dussendold (ou fold) — cujos detalhes transcenderiam, só em 1973, através de um poema:

> As nádegas dos sabras, talhadas pela revolução,
> capturam o desejo. É a melancolia de seu influxo
> o que leva à morte?

Esses versos foram encontrados junto do cadáver do ancião. A tradução de "influxos" por "impulsos" ainda divide os especialistas.

Mas Erna, no florilégio de seus relatos, omite ardilosamente três milagres:

- o milagre da ressurreição: já que excrementos de garotas aparecem sistematicamente nas reproduções de unhas sabras;
- o milagre da assunção: um menino sabra se "assume" como sabra a partir dos 9 anos e até os 19 anos de idade. O termo "assumir" não esteve isento de interpretações maliciosas.
- o milagre da corporeidade e evanescência, para o que remetemos aos "fragmentos fálicos" de Lamor:

>   ... o sibilo de um lobo
>   reproduz-se na pele do sabra como um uivo e
>   provoca diarreia
>   nos que ali presentes disputam
>   esse anel florido, intercalado...

Etna omite também o gráfico do "Laço do Olhar":

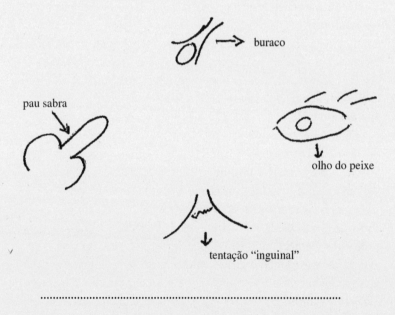

....

A bruma dos vapores (era uma sauna de Chicago) não me deixa lembrar direito. Mas as ligaduras desse sabra, no ligame, os aros que atravessavam sua tetinha (telinha) e que estavam ligados por uma corda a um gancho suspenso do teto; dali, uma máquina "imisericorde" — esse é o nome — içava-os. Embalo o desse garotinho submetido, por um lado, à penetração de membros negros, especialmente polidos e lubrificados com pomadas, e, por outro, à exação, por meio de uma sonda que, introduzida pelo ânus, saía pela boca, de "pensamentos pesados" — ou seja, uma confusa mistura de auês, exalações, ais, suspiros, à maneira do Lamor de W. Combat: sussurra-me

Assim relata a infeliz Anna Todesca — que se suicidaria num hotelzinho de Miami em 1972 — essas torturas:
"Colocavam o ferido sabra sobre uma mesa de azulejos e pontualmente penetravam-no; o engranzamento — ou encaixe — dos pênis no revirado ânus não se media somente pelo fervor de seus estoques; mas, também, como uma chumbada de ouro (substituída, às vezes, por platina) que lhe cravavam no reto a cada chumbagem... o infeliz acabava perecendo sem dor alguma — já que os constantes embates lhe anestesiavam a região anal — em meio a derrames hemorroides..."
Ela mesma tentou experimentar o que se sentia, sem sucesso; já que "... a natureza dos unguentos, ou óleos, olorosos, com que os violadores abrem caminho até a 'substância essencial' (como eles chamam a merda de um menino sabra) era-me desconhecida: eles a reservavam para aqueles que passavam por uma iniciação de cinco anos em colégios nos arredores de Argel, chamados 'Colégios Argelinos'. Tentei com o sucedâneo argentino 'Vick Vaporub', sem obter o mesmo resultado: já que a enchumbadura — ou seja, o engaste das placas nas paredes do reto — parece estar ligada à emanação de certos sumos adocicados – que, contam, têm algo de metálico, como o gosto da Sacarina — que minha imitação local estava longe de proporcionar. Além disso, os que tentaram penetrar-me, mesmo

sem enchumbaduras áureas ou plúmbeas, desviaram-se nas fístulas, sem chegar a acariciar 'a veia mais frágil de meu coração'".

A vulgaridade desse obstáculo epistemológico não escaparia ao sarcasmo de Edna, que, no entanto, não podia desfrutar por muito tempo da desgraça de sua amiga. Poucos anos depois, a pobre Edna aparecia assassinada num vestíbulo abandonado, com um alfinete de chapéu que cravava a seu pescoço este desenho:

Estou olhando o desenho quando entra Edna. Chega toda despenteada e com o batom borrado — sinal de que andou mamando pistolas nas moitas. Diz: Não consegui gin. Eu, sem deixar de escrever, olho para ela e respondo: Não lhe pedi gin. Nesse momento vejo três policiais militares na porta: a desgraçada me delatou. Contou o segredo que só ela conhecia! Mas não vai conseguir: eu a seduzo, com um sorriso eu a faço pedir penico, ela se arrasta sozinha, como uma víbora, até o armário, e se enrosca feito jiboia. O que me resta a fazer é fácil. Os policiais, que presenciaram tudo, tiram seu relógio, enquanto ela começa a ficar roxa. Vai ficando azul, debaixo de minhas mãos, e sinto minhas unhas verdes, que se tornam violáceas, se crisparem: era aquela velha dor das unhas. Tive de acabar rapidamente com seu pescoço — já que essa dor não me deixava respirar — e talhar seu clitóris. Então notei, amarrado à sua combinação, um falo gigantesco e áureo — pálida era sua combinação —, untado com um creme fosforescente que anestesiava o esfíncter e permitia uma penetração profunda. Tentei introduzi-lo em mim, mas a insensibilidade me desagradava, e os policiais já urinavam nos cabelos da hirta. Tive, mais uma vez, de me apressar. Tirei o falo do cu e coloquei-o em sua boca, afundando-o tanto que as marcas de meus dedos se confundiram com as de seu coração.

Post-scriptum

Releio o texto meses depois — saímos do Neguev, rumo a Chipre, numa embarcação jaspeada: em suas ondas inflamadas de lona, na vigia, a tripulação se amontoava; de tempos em tempos, vinham nos pedir documentos (assassinei um grumete alemão na travessia). Eu o releio, e percebo que o episódio do assassinato de Edna é fortemente inverossímil. Inverossimilhança intencional, já que:

a. Edna foi assassinada por um comando israelita em sua casa de Boulogne, e o cadáver foi entregue a umas empregadas. O que tinha diante de mim — essa massa mole — era o cadáver de um sabra; as perfurações rituais de suas cutículas me deram, apesar do rosto irreconhecível, a pista. Suspeita-se, não sem razão, do ascendente semítico de Edna: a S.A. de Baden-Baden já a incluía em sua lista de 1939, e seu nome figura na relação de deportados a Auschwitz de 1943 — lugar em que Edna, curiosamente, nunca esteve.

Porém, se era Edna isso que me trouxeram quando, saturado de canábis, eu estava caindo no chão — era uma casamata no deserto, só com aquela máquina —, a verdade é que acho que, levado por um frenesi masculino, eu o fodi... repetidas vezes durante a noite. Depois me masturbei, e dormi. Sonhei com a buceta de Edna, firuleteada de pistolas sabras e lavrada/lacrada com esse esperma leitoso. Quando acordei não conseguia me descolar. Foi preciso que um soldado israelita ajudasse a retirar meu membro do cadáver, para colocar o seu. Assim ficamos horas e horas. Finalmente decidi assumir, depois de consultar meu advogado militar, o crime: pelo assassinato de uma alemã — Edna, afinal, o era — davam somente três anos; cinco pelo estupro de .... (não posso revelar aqui, a censura judaica é muito suscetível, poderiam rever meu processo e me condenar).

b. O cadáver que denominamos, por razões de comodidade literária, Etna, veio conosco através do Mar Mediterrâneo. Fizemos a travessia numa trirreme ornada de brasões. Nas carrancas da proa podíamos ler certas reminiscências nerudianas. Daí a interpretação de Tomás del Valle Jara:

"A aventura pinochetista liga-se ao fantasma do sionismo por vínculos não meramente dedutivos: assim, os mesmos barcos usados por Ibañez para afundar no Pacífico um pelotão de quatrocentas 'loucas', seriam utilizados pelos israelitas numa operação não menos lutuosa, conhecida como o 'Êxodo Sabra' (remedo da deportação dos holandeses à Polônia levada a cabo pelos nazistas)."

O episódio referido por Del Valle Jara tinha ocorrido meses antes de minha chegada a Neguev; na verdade, eu vinha justamente investigá-lo.

c. Resta o obscuro "cão de Edna". A manicure Edna — espécie de Mata Hari afortunada — teve uma revelação quando estava em férias em Mallorca; revelação que veio na forma de um cachorrinho, que a seguia por todo canto e que um dia lhe disse: "O caminho dos sabras/ solta no ouro da tortura/ o que ata no ardor". Entrevada, Edna não conseguiu mais andar, e permaneceu três dias sentada, sobre suas próprias fezes, numa praia solitária. Devorou o cão em busca do ouro, mas este já se transformara em merda.

Capa de Parque Lezama,
Buenos Aires, Sudamericana, 1990.

O INFORME GROSSMAN

Rosa L. de Grossman[1]

> *"O que houve nas Malvinas?*
> *Os garotos, onde estão?"*
>
> (copla)

1.

Um manifesto do desaparecido Exército de Libertação Homossexual das Malvinas (no exílio), propalado em junho de 1982, revela um aspecto quase desconhecido dessa remota guerra. Segundo denúncia da organização, a invasão das ilhas por 40.000 soldados argentinos e ingleses punha os 8 maricas nativos (*kiers*, em kelper) diante de um desmesurado imperativo: satisfazer as urgências sexuais da tropa.

O número de 8 loucas baseava-se numa interpretação, talvez ardilosa, das porcentagens do Relatório Kinsey (que preveem 4 homossexuais exclusivos para 100 habitantes, nos Estados Unidos dos anos 50). As glaciais circunstâncias em que essa passiva minoria executa suas inclinações, fazem afundar, paradoxalmente, o cone do iceberg perverso. Com base nessas imprecisas medições, os sociólogos do movimento (armado, segundo contam, com unhas e dentes) calculam uma média de 176 guerreiros (de ambos os lados) por dia para cada infeliz, supondo, com Masters & Johnson, uma cópula semanal para aliviar as bélicas turgências.

---

[1] A partir de 1978, Perlongher escreve informes sobre a repressão homossexual em cada cidade que visita, assinando-os com pseudônimos como Victor Bosch ou Rosa L. de grossman. Nesta ficção inédita escrita depois da Guerra das Malvinas, recupera essa modalidade combativa em chave paródica e bizarra.

Mas a preocupação das liberacionistas malvinenses era menos estatística que humanitária. Chamavam à solidariedade bichas, *briscos, jotos, manflorones, pájaros* e *adelaidas*[2] (o que acabou por se denominar 69ª Internacional). Não que elas não soubessem dar conta, com profunda unção, da dilacerada faina. Corriam, no entanto, o risco de se acostumar a tão insistente abundância de investidas, cuja aritmética inflacionária preludiava, por oblíqua via, um prolongamento indefinido do entrevero.

O perigo de uma guerra "prolongada/permanente" (dicotomia que consumiu os militaristas dos anos 70) corria paralela aos sinais de interiorização da refrega. Esses sinais podiam ser apalpados com untuosidade: assim, a generosa distribuição de vaselina russa entre as tropas invasoras delatava o longo, delével dedo dos soviéticos, que se enriqueciam lubricamente, jogando a oposição "manteiga/canhões" nas latrinas da história.

Dessas latrinas mal iluminadas extraíam as desterradas a fria força de suas denúncias. Se algum rastro o fugaz Exército deixou de suas andanças clandestinas, elas terão de ser procuradas onde ainda são visíveis, estampadas, as marcas das unhas — contíguas aos buracos das balas. Além disso, a ausência de orifícios circulares do diâmetro de um pênis, pelo menos no número assustador com que essas perfurações foram registradas nas trincheiras da Primeira Guerra (chegando a causar, na busca de comunicações alternativas, o desmoronamento de alguns abrigos subterrâneos), deixa perceber, em sua lisura, como os avanços na arte da guerra se conjugam com a tolerância pós-reichiana.

Sentia-se o cheiro dessa evolução já na troca, nas mochilas das tropas, dos anti-higiênicos preservativos "El soldado" (produção de 1954) por elegantes potes, cujas legendas em pseudo-cirílico podiam levar um usuário estabanado a confundir com manteiga de cacau seu deletério conteúdo, dando lugar a mais de um equívoco. Como o proverbial ritualismo das forças platinas (ou, talvez, plúmbeas) tornasse coercitiva a untadura, sua aplicação nos lábios não só

---

[2] Termos diversos de gíria que nomeiam os praticantes homossexuais na América Latina. (N.E.)

perfumava o hálito como era, maliciosamente, interpretada como um convite à felação. A demora da jurisprudência militar em estender aos gélidos penhascos a noção de "via pública" facilitou a impunidade desses desmandos, ao desampará-los da lei que pune a incitação ao ato carnal nas calçadas do continente. Esse fragrante (e, frequentemente, "inconsciente") convite, que rodeava a boca dos recos, pode ajudar a explicar — ainda que não a desculpar — a decidida firmeza com que as vanguardas gurkas inseriam, sem cerimônia, suas estocadas, causando estragos que até hoje aplicados dentistas portenhos falham em obturar.

A profusa penetração da vaselina russa entre as tropas indicava, de passagem, uma crescente dependência da cosmética uraliana; somente uma enérgica medida do regime portenho — a nacionalização dos laboratórios multinacionais Roux Ocefa, que detêm o monopólio do Acqualane (sucedâneo nativo do K.Y.) — poderia destravar os fluxos produtivos, evitando as sujeições (nesse caso, pela "esquerda") a um novo imperialismo. Com justa ira, as laboriosas *kiers*, sem deixarem de se abrir à internacionalização dos contatos e sem propugnar um utópico "retorno à saliva", incursionavam na economia em defesa de seus interesses imediatos. Por outro lado, a prevista irrupção da soldadesca cubana estacionada em Angola, já amplamente viciada em complementos euro-asiáticos, fazia baixar o peregrino fantasma do comunismo em anfractuosidades membranosas.

2.

O manifesto do brumoso Exército Libertador pontua de modernidade paixões sabidamente antigas. A inclinação dos guerreiros para se enredar em amores homoeróticos foi historicamente degustada. O próprio Freud, em seu *Psicologia das Massas* (1921), atribuía essa fraqueza ao conteúdo homossexual na origem das pulsações libidinais que vinculam as instituições masculinas, como o Exército e a Igreja. Certa conexão estrutural entre a homossexualidade e o exército parece delinear-se. Ramón Alcalde, que leu a *Psicologia das Massas* em seu primeiro ano de faculdade, sustenta (em *Sitio*, n. 3, 1983) que essas relações são internas a cada facção armada e que os soldados de um exército não trepam com os soldados do outro, mas o fazem entre si. O famigerado desfrute dos gurkas nas retaguardas crioulas parece desmentir o patriotismo endogâmico de Alcalde, que nunca se entregaria a um inglês.

Antes que a estultícia andina cedesse como um hímen à investida himalaia, um solitário escritor argentino prognosticara, da concisão de seu apartamento de Arenales, essas entregas. Os pacatos *Pichiciegos* de Fogwill (1983) não se sodomizam entre si; mas, quando o conluio com os ingleses se intensifica, um soldado de Quilmes acaba, contrariamente ao desejo de Alcalde, entregando-se a um forçudo escocês. No romance, o narrador se pergunta como o corpo mirrado e fedido do rapazelho pode acender os brios dos anjos loiros. Tanto Alcalde quanto Fogwill fariam bem em dar uma voltinha por Lavalle: o primeiro, para que visse como os desejos homossexuais das tropas nem sempre se satisfazem no "troca-troca" mútuo, invocando, em vez disso, um produzido pederasta que lhes "unte a mão". Fogwill, para se deparar com *betters* de caxemira que cobiçam molambentos uniformizados e famélicos.

As previsões, tanto de Fogwill como da OLP insular, não tardariam a ser ratificadas pelos próprios protagonistas. Entrevistado por *El Porteño*, Pablo Macharowsky, recruta da classe de 63, revela o pavor diante dos gurkas, que levavam uma pérola na orelha esquerda ou na direita, e a localização representava o homossexual passivo ou ativo"(set. 83). Mas os soldados argentinos não pareciam novatos no assunto: as privações a que o racionamento militar os submetia compelia os recrutas a se prostituírem homossexualmente nos parques: "Quando a gente tem fome se esquece do estômago", condensa escatologicamente Marcos García, da classe de 62.

A preocupação com a homossexualidade antecedeu a luta. Santiago, um dos *Garotos da Guerra*, incorpora-se ao contingente invasor, temendo que seus amigos recrutados o considerem um maricas (*sic*). Esse pânico pode ser mais bem entendido à luz da mitologia gurka.

O mito do gurka violador transcendeu as mucosas dos combatentes. Ganhou status de polêmica ultramarina, cujos ecos salpicavam os táxis portenhos já no início de 1984 (um taxista nos disse: "Na certa que pelos oficiais passaram todos os gurkas"). Que o ímpeto nepalês tinha perfurado a frágil resistência das bombachas era unanimemente concedido; mas os mais radicais sustentavam que só os oficiais tinham desfrutado dessa consternação — e que isso era bem merecido.

A sociologia, no entanto, não pode conformar-se com a escorregadia virtude da moral: é preciso passar, como os heróis da Soledad, ao campo minado. Como chegar à verdade desses libidinosos calafrios? Os depoimentos de Tony G. e Damián H., participantes ativos e passivos dessas lubricidades, sugerem-nos um caminho que, embora batido, não é menos tentador.

3. *Depoimento de Tony G., classe de 62, La Tablada.*

Os gurkas nos surpreenderam em mais de um sentido. Nós fomos ensinados a avançar agachados; mas eles atacavam erguidos, caminhando. Sabíamos, desde o início, que se nos prendessem iam nos foder, assim como nós teríamos fodido os ingleses — nós os imaginávamos molinhos, como manteiga. No quartel sempre havia algum que nós fodíamos, todos ou quase todos, e no começo lhes doía que era uma beleza, mas depois eles tomavam gosto pela coisa e ficavam nos aporrinhando. Foder um sozinho não tinha graça, e os outros ainda podiam, de repente, pensar que a gente estava gostando do puto. Bom mesmo era pegá-lo em cinco ou seis: um come o cara, outro lhe enfia o pau na boca, outros mijam nele, o fodem, batem punheta, é bárbaro. É preciso sempre dar uma dura neles porque, quando encarnam, você não consegue tirar o maricas de cima. Eu tinha um que me lambia as botas. Se não andasse na linha, tinha de beber seu próprio mijo; para isso nós lhe dávamos um nó no pau e mijávamos todos em sua boca. Quando não dava mais, encaixávamos seu pau numa mangueira. Os sumbos tinham ojeriza deles e os estaqueavam boca abaixo, imagine!

Nas Malvinas jogávamos "inglês", ou seja, como sempre estávamos alardeando que íamos foder um inglês, antecipávamos a festa. Era um sorteio, mas já se sabia de antemão quem ia ganhar. Fazíamos concursos, como bater punheta para ver a porra de quem chegava mais longe, mas no meio da foda alguns, que já o tinham cheirado, se enfiavam no "inglês" e, já era! Vendávamos seus olhos e amarrávamos suas mãos. O cara chupava o pau de todos, e se não adivinhava de quem era o porongo, nós o fodíamos; a cada erro, outros dois o fodiam.

Nas trincheiras (o pocinho) nos embolávamos tanto que volta e meia dávamos com o "inglês". Mas o filho da puta já conhecia os cacetes de memória, talvez pelo cheiro, e o jogo perdia a graça. Mandávamos que fosse enterrar a merda, pra que ficasse um pouco entretido. Aí o "inglês" se habituou a chupar nosso cu, e é preciso reconhecer que não o fazia nada mal. A barra estava ficando mais pesada, caíam bombas por todo lado e já pressentíamos que os gurkas iam nos caçar. Não estávamos preparados para isso. Eu levei o "inglês" para um canto e lhe pedi que me fodesse.

O coitado já tinha perdido o gosto pela pirocada e fez o que pôde, mas o negócio baixava e não tinha jeito. Então eu caguei nele, na porrada, por ele ser tão babaca.

Nessa mesma noite ouvimos o golpe das botas gurkas no teto do pocinho. Um deles engatou a bota na junção das chapas e nos viu. Puxamos as armas no ato. O gurka já entrou batendo bronha. O "inglês", que estava super treinado, caiu-lhe em cima. O gurka arrebentou-lhe o nariz com uma coronhada, e caçou o Pancho, um cara de Corrientes, virou-o e lhe rasgou as bombachas com uma faca. No primeiro que colocou o pau em sua boca Pancho tascou uma mordida, caralho!, quebraram seus dentes a pontapés. Mesmo ensanguentado, ele continou se esquivando e se fresqueando para abrir a bunda. Então o cara da faca pontiaguda alargou-lhe o olho do cu. Depois, desamarraram uma de suas mãos para que se masturbasse. O coitado estava meio morto e não conseguia, cortaram-lhe o pau de um só golpe e o enfiaram em seu cu, já que nem pra punheta ele servia mais.

Quanto chegou minha vez, pensei: antes puto do que morto. Assim, ao primeiro que o brandiu, abri bem a boca e fechei os olhos, como no consultório do doutor. O gurka tinha acabado de comer o Pancho e estava com o pau incrustado de merda e sangue. Aspirei fundo e engoli tudo; isso melhorou as relações e o gigante se tranquilizou, aquietou um pouco sua pica e começou a mijar; eu, engole que engole. Aí ela começou a levantar, eu não aguentava mais quando eles me enfiam entre dois caras e me estiram as coxas, você não imagina a dor, eu aos gritos. Então chamaram o chaquenho Ramón para aplainar-lhes o caminho. Ramón tremia e não conseguia levantar o pau. Então eu me virei e o chupei, com tanta vontade que se esqueceu que estava rasgando o cu de um compatriota e me cagou.

Depois nos fizeram jogar "banheiro". Cagavam na boca de um, mijavam na de outro, um terceiro as lambia e a mim coube chupar-lhes o cu. O pior é que os nossos também tinham que cagar e mijar entre si, e mais de um se aproveitou. Mas se você resistia era pior, porque depois o comemerda podia afogá-lo com um merdaço. E se você não lhes cagava na boca, faziam-no comer seu próprio monte de merda. Os cus dos gurkas não são difíceis de chupar porque quase não têm pelos.

4. *Depoimento de Damián H., classe de 63, Monte Chingolo*

Tentei me salvar do alistamento alegando hemorroidas quando fizeram o exame. Como não consegui, dediquei-me a gozar a experiência, seguindo os conselhos de algumas loucas recrutadas. O material humano que me cabia era de boa qualidade: muito cordobês, correntino, e desses tucumanos que lhe lambem os mamilos.

Foi quando nos transferiram para a instrução, em Azul, e nos distribuíram em estreitas tendas de campanha. A mim coube um cara de Mendoza, o Rolo, que eu já estivera espiando enquanto ele mijava. Vivia, disse-me, sozinho numa pensão de capital e botava banca de bofe de Lavalle. Já na primeira noite me sussurrou baixinho: "estou tão moído que não tenho nem vontade de mijar". Apontou para o pau e saiu para o sereno. Eu lambi seus bagos e lhe fui subindo por uma pistola amorenada até sorver-lhe o ouro denso. "por que você vai sair da barraca, resmungava eu, está tão frio..."

A fama de minha sede não demorou a se espalhar. Primeiro, Rolo trouxe um amigo para mijar, eu tinha conseguido bastante vinho chupando o pau do cozinheiro. O Corcovado (um zambo, o dele era encurvado!) já estava sabendo e tinha se aguentado o dia todo. Sem fazer cerimônia, aliviou-se. Rolo, meio enciumado, deu-se para chupar como um animal, para ter que me urinar. Quando o deixou bem duro, brandiu-o e baixou minhas calças com um safanão, eu já tinha me lubrificado, então ele o meteu sem esforço. Duas ou três investidas e deu a vez para Corcovado, que estava sendo chupado). O zambo me fez lamber seu cu antes de me enfiar, o outro se revirava vendo como o remexia. Quando meteu em mim foi tão incrível que apaguei. Rolo voltou a se excitar e me esporrou na boca, depois começou a morder as tetas de Corcovado, que se deixava foder, de modo que voltei a aspirar as fragrâncias do glúteo. Corcovado foi salvo pelo gongo, quando Rolo já o virava de costas, pintaram os outros três caras da barraca, então ele mijou em mim para dar uma de homem. Aí os três quiseram me imitar, mas como Rolo não achava nenhuma graça nisso, disse-lhes que se me deixassem eu os chupava, mas engolir mijo só o do Rolo e de quem ele mandasse.

Aí o Rolo se sentiu obrigado e fez algo horrível, que foi encaixar uma garrafa, mijar dentro e me fazer tomar: e a foi passando para os outros para que a enchessem de novo. Todos juntos me levaram ao banheiro e afundaram minha cabeça na latrina. Um saltenho me cagou na cara, mas os outros ficaram com nojo e me largaram. A partir daí, cada vez que tinham vontade de mijar me chamavam.

Faziam-me sentar debaixo da mesa para quando ficassem com vontade.

Com esse treino todo, quando nos mandaram para as Malvinas peguei uma barra pesada. No começo me foderam sem nojo, até dez de uma vez, mas logo levantei um sargento que me transferiu para o pavilhão dos suboficiais, menos potentes. De qualquer jeito, quando um soldado me pedia o favor, eu não negava fogo. Assim que o banheiro dos sumbos se esvaziava, corria para o vestiário da tropa, para ajudar algum molenga a mijar.

Quando os gurkas chegaram eu estava bem preparado para recebê-los. A verdade é que não me desiludiram. Faziam coisas que nem passavam pela cabeça dos argentinos, como colocar um alfinete da roupa em minhas tetas ou no saco, pendurar-me no teto com umas correntes que cada um enrolava como queria, foder-me com o pau forrado de aguilhões de aço.

Uma noite antes de nos transferirem a Canberra foderam todos nós. Éramos 15 recos e eles uns 70. Fodiam-nos um pouco cada um. Mais de um tinha as nádegas abertas a facadas, mas eu me salvei porque mordia o cu dos fechados e bebia o sangue quente de meus irmãos argentinos. O último dos gurkas se excitou tanto com o que eu estava fazendo que me beijou na boca.[3]

Transcrição: *Néstor Perlongher*

[3] Nota: estes escritos foram encontrados na bolsa da senhora Rosa L. (Luxemburgo ou Lonardi, segundo os documentos), que desapareceu procurando seu marido desaparecido, o judeu Grossman.

Capa de Águas aéreas, *Buenos Aires, Ediciones Último Reino, 1991.*

CRÔNICAS

A PRISÃO DE ANTÔNIO CHRYSÓSTOMO

I – A montagem do Caso Chrysóstomo

Por que a filha da mendiga estava suja?

A história que levaria Antônio Chrysóstomo à prisão parece começar por uma compaixão. Tudo começa quando Chrysóstomo se compadece da filha da mendiga Maria Pinheiro Santana, que vivia — literalmente — na porta de *Lampião*. Aguinaldo Silva[1] conta que os amigos tentam dissuadi-lo; mas Chrysóstomo insiste e consegue a tutela legal da pequena mendiga de 3 anos. É essa menina que João Antônio Mascarenhas vê em sua visita à casa de Chrysóstomo: "Nessa ocasião (abril de 79), ao chegar ao apartamento de Chrysóstomo, deparei-me com uma menininha imunda, só de calcinhas, que, no primeiro momento, imaginei que fosse filha de uma empregada doméstica muito relaxada. Tal era a sujeira da criaturinha que eu, que gosto de crianças (para brincar com elas, não para atos libidinosos), mas de crianças limpas, não me animei nem a falar, nem a fazer-lhe um agrado".[2] Outras testemunhas, como A. Santos, no entanto, não voltaram a ver a menina suja.

Deixando de lado as preferências lúdicas de Mascarenhas (cabe perguntar se ele esperava encontrar a menina, tirada há dois meses da rua, vestida segundo a moda das instituições inglesas), já vemos perfilar-se aí um elemento moral (a sujeira) e um dos personagens do drama (a empregada doméstica).

---

[1] Aguinaldo Silva, "Chrysóstomo: qual o crime?", *Careta*, n. 5, 4/8/81, pp. 56-59. Indicada com a sigla AS. Ver também *Careta* n. 9: "Cartas e Cartuns"(AS) – 4/9/81.
2 Carta de João Antônio Mascarenhas a Darcy Penteado, 8/3/82. A carta foi distribuída aos grupos gays; tem o mérito de constituir uma visão "acusatória" dentro do campo do movimento gay, ao qual Chrysóstomo esteve ligado.

Prossegue a carta de Mascarenhas: "perguntei-lhe onde estava a babá da criança. Respondeu-me que, naquele dia, ela não tinha comparecido. Interroguei-o, então, sobre o que fazia quando a babá não aparecia e ele contestou-me que, nesses casos, deixava a criança com uma vizinha".

Uma vagina avermelhada

Os vizinhos do prédio onde vivia Chrysóstomo costumavam reclamar de seus escândalos. Chrysóstomo não era um gay "bem-comportado": ao que parece, costumava se embebedar, receber amigos, deitar-se com *michês*. Um desses michês, Mario Constantino — "um rapaz que ele recolheu na Cinelândia e que durante muito tempo o chantageou" (AS), transformou-se num dos principais acusadores do processo.

Mas antes de ganhar os estrados judiciais, a acusação contra Chrysóstomo circulou pelos corredores do edifício e se espraiou nos vernissages culturais do Rio.

Foi precisamente num dos corredores do prédio que duas moradoras, Ana Alves de Souza e Maria Aparecida da Silva, encontraram a menina "suja", deram banho nela e a submeteram a um exame "ginecológico", achando sua "vagina avermelhada".

Outra vizinha, Liane Mullemberg, encarregou-se de espalhar a notícia: Chrysóstomo estuprara sua própria filha. Essa mulher orquestrou, durante meses, uma campanha "como uma espécie de assessora de comunicação dos preconceituosos moradores do prédio 1808 da rua Almirante Alexandrino" (Santa Tereza, Rio): "em todos os lugares onde Chrysóstomo algum dia pôs os pés chegou a notícia, levada por ela ou por aqueles que a ouviram dela, até que o boato se tornou verdadeiro: nas redações de jornais, nos corredores da Funarte (onde Chrysóstomo dirigia shows) ouvia-se sempre a mesma coisa: Antônio Chrysóstomo estuprara a filha de quatro anos". (AS)

As motivações de Liane: "Eu tenho uma filha".

A notícia do estupro chegou a Mascarenhas assim: "Mais ou menos em outubro de 1980 um amigo contou-me que *ouvira* que o Chrysóstomo, num ataque de loucura, altas horas da noite, depois de grande bebedeira, tinha tentado estuprar a filha adotiva". Nessa versão sobrevém a invasão policial, Chrysóstomo vai parar num manicômio e a menina é recolhida.

Com a chegada da polícia, "Antônio Chrysóstomo deixa de ser jornalista para ser qualificado de 'homossexual, alcoólatra e viciado em maconha'" (AS). Sujeito de um crime que as fantasias sociais confabulam.

A hora da verdade

Finalmente, em outubro de 1980, Chrysóstomo é denunciado por vizinhos do prédio, por maus tratos e estupro reiterado de sua filha adotiva. Uma vizinha e uma empregada doméstica testemunham diante do Tribunal do Menor. Novembro de 1980: a menina é reconduzida à FEEM. Abre-se processo contra Chrysóstomo. As acusações: infringir os artigos 214 (maus tratos a menor) e 224-A (uso de menor para fins condenáveis) do Código Penal.

Uma perícia médica, levada a cabo por médicos legistas, constata que o "hímen cor-de-rosa" da menina está intacto.

No entanto, "há muitos atos sexuais que não implicam em ruptura do hímen" (Mascarenhas). Quais são esses atos, segundo o depoimento dos acusadores?

a. Wira Newton, vizinha do prédio, acusa o réu de realizar "festas barulhentas", sem mulheres: "nunca ouviu voz de mulher naquelas ocasiões" (Processo, p. 255).³ Disse a Chrysóstomo: "quem está fazendo escândalo não é a menina, é você". Sabe que Ana Alves queria a menina para si.

b. Ana Alves de Souza, também vizinha, formula a acusação: às vezes Chrysóstomo deixava a menina com ela, chegando a brigar com ele fisicamente a respeito de sua "educação"; primeiro diz ter visto a menina com a "vagina avermelhada". Depois (audiência de 29/7/81) se desmente; chorando: "não se lembra de ter referido que viu os órgãos genitais de C. inchados e vermelhos"; nem "de ter Maria Aparecida lhe falado sobre o aparelho genital da criança no banho"; que "sua vizinha tem lhe pressionado para falar mal do acusado". Abraçando o réu, espeta-lhe: "eu é que deveria estar no seu lugar". (Processo)

c. Mário Constantino, michê que Chrysóstomo sustentara, afirmou que o DENUNCIADO costumava colocar a menor para dançar despida em cima de uma mesa... em tais ocasiões batia nas suas partes íntimas". (Laudo de Exame de Sanidade Mental, Processo, p. 227) Mas, depois, também se desmente: "que abuso sexual direto do acusado face à menina nunca viu... que nunca viu o acusado presente dar bebida à menor... que agressão direta com soco e pontapé face à menor nunca viu... que os vizinhos não gostavam do acusado, principalmente uma alemã..."

d. Maria Aparecida Batista, também vizinha, disse ter visto a menina com a vagina inflamada. Que a menina repetia "Homem Mexe": ela interpretou — e acreditaram nela — que Chrysóstomo

---

3 3) Proc. n. 21.491, 10ª Vara Criminal, Rio de Janeiro. Tivemos acesso, de maneira oficiosa, a uma versão lamentavelmente incompleta. As partes que constam são: Auto de exame de corpo de delito (Instituto Afrânio Peixoto - Secretaria de Estado da Segurança Pública, 26/11/80); Apresentação da Procuradoria Geral da Justiça, firmada pelo promotor de justiça Luis Fernando de Freitas Santos, 29/6/81; "Despacho" de Prisão Preventiva, firmado pelo juiz José Carlos Schmidt Murta Ribeiro, 3/7/81; Interrogatórios de: Roosevelt Antônio Chrysóstomo de Oliveira (13/7/80); Wira Newton (s/d); Ana Alves de Sousa (29/7/81 – desmentida); testemunhas de defesa (Aguinaldo Ferreira da Silva, Levy Rodrigues de Moraes, José da Silva Fagundes), 28/8/81; Laudo de Exame de Sanidade Mental (19/11/81), expedido pelo Manicômio Judiciário Heitor Carrilho, Departamento do Sistema Penitenciário, firmado pelo dr. Miguel Chalub; desistência do juiz Eduardo Mayr (28/1/82); sentença do juiz Murta Ribeiro (data ilegível); Apelação da Sentença, feita pelo dr. Ubiratan Guimarães Cavalcanti (12/3/82).

metia seus dedos na vagina da filha. Para outros, seria um simples bordão.

e. Georgina Acevedo, empregada doméstica, Testemunha de Jeová, filha de Salette (ex-babá de C.), viu manchas de esperma no tapete, entre garrafas vazias. Declara Aguinaldo: "Que eu saiba as moças testemunhas de Jeová nem sequer sabem que um homem ejacula: como são capazes de identificar restos de esperma no chão?" Georgina também viu Chrysóstomo beijar a menina na boca. Sua mãe, diz, costumava vestir a pequena para dormir... mas esta amanhecia nua. Segundo Chrysóstomo, essas mulheres também tentavam se apoderar de C.

Em resumo, à luz desses testemunhos, a única coisa concreta é que alguém diz ter visto a menina com a "vagina avermelhada": a menina dormia nua. "Incontinência urinária", alega Chrysóstomo. "Então, por que não a levou ao pediatra, em vez de dizer que gozava de boa saúde", responde o Juiz Murta Ribeiro.

Save our children

Ao se transformar em acusado, Chrysóstomo torna-se o que todo pederasta deseja ser: um vampiro libidinal, um Maldoror que aterroriza as meninas com seu desejo.

Para negar a excarceração que lhe cabia por ser 'primário' (sem antecedentes criminais), o promotor acrescenta: "quando o DENUNCIADO legalizou a posse e a guarda da infeliz C., já tinha o objetivo, frio e calculado, de transformá-la em símbolo (?) de seus desequilíbrios sexuais e de fazê-la vítima de toda sorte de perversões" (não parece Sade?). "Os atos libidinosos e as sevícias começaram tão logo o DENUNCIADO conseguiu apoderar-se da menina."

Não consta aqui que Chrysóstomo se apoderou *legalmente* da menina, graças a esse mesmo Ministério Público que, em seu estilo luxurioso, o procurador defende:

"Teme-se, em consequência, que o DENUNCIADO seja pedofílico, numa cidade onde existem *milhares de menores abandonados!* (sublinhado no original)... Tudo leva a crer que o DENUNCIADO vá repetir a operação que realizou com a menor C... nada impede que recolha, em caráter oficioso, outros menores abandonados, pela rua, para submetê-los ao mesmo suplício..."

Mascarenhas, mesmo sem conhecer os autos do processo, abriga preocupações similares: "Chrysóstomo — pergunta-se — não estaria prejudicando o Movimento Brasileiro de Liberação Homossexual, que passaria a defender um homossexual acusado de corrupção de menores (nesse caso, sem sombra de dúvida, seria relegado para segundo plano o sexo da vítima)?" (Mascarenhas acredita que o ato "cometido" por Chrysóstomo — relações sexuais com menores do sexo oposto — não tem nada a ver com homossexualismo). Prossegue: "estaria prejudicando sim, e muito... Muita gente tem medo de homossexuais, porque imagina que sejam corruptores de menores. No Brasil e em outros países! Não por acaso, o grito de guerra de Anita Bryant foi justamente este: *Save our children...*"

Nesse grito comum, progressistas e conservadores parecem se unir. As dificuldades do Poder Judiciário em processar juridicamente o que não passava de uma confabulação de vizinhas, criadas e michês, expressam-se na desistência do primeiro juiz, Dr. Eduardo Mayr, que se manifesta incapaz de "apreciar este pedaço de vida vivida, este trecho de realidade humana, que se espalha nestes autos" (Despacho, 28/1/82).

O processo fica então a cargo do juiz Murta Ribeiro.

Mas essa artificiosa construção jurídica — que o discurso do promotor exemplifica — não se sustentaria, ao que parece, sem o auxílio de dois aliados, aparentados entre si: o progressismo e a psicologia.

O Partido Progressista

O procurador Luis Fernando de Freitas Santos, que considera Chrysóstomo "homossexual, viciado, possivelmente com várias taras", líder da classe dos promotores (AS), atesta seu progressismo quando, para justificar a prisão de Chrysóstomo, combate "a impressão... de que a cadeia é um lugar pobre, feito para pessoas pobres...". A rigidez da justiça puritana ultrapassa as "diferenças sociais".

Wilton Montenegro — citado por Aguinaldo — invocou seu passado de preso político como garantia da veracidade da versão do estupro que propalava.

O Sindicato dos Jornalistas colocava obstáculos para atestar a condição de jornalista de Chrysóstomo.

O jornal *A Luta* anuncia, em manchete escandalosa: "Servia menina de bandeja nos embalos do mexe-mexe". (AS)

Veja (19/8/81) não fica atrás: acusa Chrysóstomo de "alcoólatra confesso — já ficou 48 horas seguidas num bar do centro da cidade, sentado sobre suas fezes e urina".

O lema *Salve Nossas Crianças* parece ter encontrado eco, menos ruidosamente, no silêncio de outros grupos gays. Talvez por acaso, o trecho da nota de J.S. Trevisan ("Uma orgia bem comportada", *Folha de S. Paulo*, 10/1/82) referente a Chrysóstomo tenha sido suprimido por "razões técnicas".

No caso dos desalentados grupos gays — com cujos membros Chrysóstomo andava brigado —, os temores expressos por Mascarenhas parecem explicar o silêncio. Medo de arruinar a imagem do gay bem comportado com um pederasta bêbado.

A conexão psi

No início do processo, uma psicóloga de nome Elizabeth entrevista a menina na FEEM. C. fala pela boca da psicóloga, já que não é entrevistada pelo juiz Murta Ribeiro, que, depois da desistência de Mayr, assume a causa.

Depõe Elizabeth: "C. não chegou a uma linguagem elaborada no que se refere à aproximação sexual, não chegando a proferir palavras como 'carícias', etc., mas, perguntada, disse que 'seu pai tocava no seu corpo'... "Não se chegou a perguntar em que parte do corpo teriam ocorrido os referidos toques". Porém, deduz-se: C. teria sido tocada na vagina, por isso avermelhada.

Mas o depoimento de E. é brincadeira de criança em comparação com o "Laudo de Exame de Sanidade Mental" a que Chrysóstomo foi submetido. Depois de resenhar o processo, o laudo "prova" o alcoolismo do acusado — que passa a se constituir em sintomatologia a ser interpretada, apesar de não constituir juridicamente nenhum crime.

Uma fábula — edípica — é montada no caminho para o diagnóstico. "O fenômeno psicossexual (a homossexualidade) possivelmente se originou num relacionamento vivencial... com uma figura materna castradora e dominadora (a avó paterna) e com duas figuras paternas: a primeira, o avô paterno, frequentemente desvalorizada, e a segunda, o pai, despótico e distante". Tais interpretações não seriam tão surpreendentes... se não estivessem embutidas no corpo do processo. Tudo isso leva a encaixar Chrysóstomo na figura do "homossexual egodistônico", categoria que inclui aquelas pessoas que "têm um padrão de estimulação homossexual e que se encontram perturbadas, em conflito e desejosas de mudar". (Laudo, fls. 11) Chrysóstomo entraria nessa classificação por ter "atividade sexual repetitiva com parceiros não concordantes ou impróprios": a menina C.

O laudo tece a gênese dessa "perturbação": "podemos bem verificar a fixação avó paterna — incluindo-se aqui a ligação com a mulher mais velha". Em sua confissão, Chrysóstomo havia dito que "já manteve também ligações passageiras com mulheres, tendo convivido com uma bem mais velha do que ele". (fls. 07) A importância atribuída a esse romance "passageiro" marca a orientação da interpretação — que desdenha os romances homossexuais do réu. Porém, nesse caso não se pode falar de conflito com a homossexualidade — Chrysóstomo é um homossexual declarado e bem sucedido.

Para fechar o ciclo, é preciso tomar como conclusão aquilo que foi o início da inquisição — seu objeto. Assim, "não podemos deixar de reconhecer no periciado a presença de uma parafilia (a perversidade homossexual); eis que, consoante a denúncia e os elementos colhidos nos autos, pratica atentado violento e continuado ao pudor com menor de quatorze anos", incorrendo em "atividade sexual repetitiva com parceiro não concordante e impróprio". Tudo parece indicar que teriam sido descobertos, na confissão de Chrysóstomo, outros menores seduzidos. Mas não: trata-se apenas da infeliz C.

O laudo conclui diagnosticando "perturbação da saúde mental": parafilia.

Outras sombras psi: a ameaça da psiquiatrização

Os aparelhos psi também se fecham sobre outras instâncias do caso.

a. Conforme a apelação da defesa, a mãe de C., vítima de um "ataque", teria sido internada no Hospital Psiquiátrico do Pinel e a menina conduzida à FEEM, tendo Chrysóstomo resgatado ambas e adotado a pequena.

b. Mascarenhas ouviu a versão de que Chrysóstomo, num ataque de loucura, tinha tentado estuprar a menina, que gritou. "Alertados pelos gritos, os vizinhos teriam chamado a polícia, que viera e arrombara a porta, levando Chrysóstomo, numa camisa-de-força, para um hospital psiquiátrico". Essa versão não consta nos autos.

Ali ele teria sido submetido a um tratamento de "desinfiltração" alcoólica.

c. "A notícia de que Chrysóstomo teria estuprado a menina começara a correr em locais suspeitos como a Cinelândia, e finalmente nos chegara no *Lampião* da maneira mais brutal: através de uma mulher chamada Liane Mullemberg, que nos telefonou exigindo que o internássemos numa clínica para doentes mentais, 'pois do contrário nos envolveria no escândalo."(Aguinaldo Silva)

A articulação da sentença

Uma leitura da sentença do juiz permite vislumbrar certas articulações, certos trânsitos: o processo pelo qual acusações vicinais ("na verdade não se trata de uma perseguição sistemática de vizinhas desditosas" — Sentença, fls. 9) transformam-se em ação penal, e a maneira como a psicologia e, também, o progressismo, articulam-se no mecanismo de produção da sentença.

A força do progressismo parece concorrer para a criação de um consenso que presumia a culpabilidade do acusado, ou, pelo menos, a legitimidade da acusação. "De uma pessoa que tem a doença *dele*, só se pode esperar coisas como esta" — resume o jornalista Marcelo Fagá. (AS)

O juiz estende a mão ao progressismo das "minorias": "Na verdade não está em causa qualquer discurso político envolvendo qualquer tipo de minorias".

Como ponto central, a sentença vai propor uma articulação entre o rumor vicinal e os preceitos psi.

Desmentidas a maioria das acusações, a acusação estava praticamente em ruínas. Ainda estavam de pé apenas a "vagina avermelhada" de Maria Aparecida e as "manchas de esperma" de Georgina.

Mas um fato fundamental sustenta a convicção da justiça: há "fortes indícios de que o DENUNCIADO é homossexual e alcoólatra, sendo bastante provável que essas atitudes em relação à menor tenham sido tomadas a partir do vício do álcool e em decorrência de seus desvios sexuais".

Descoberta surpreendente, já que Chrysóstomo era "arrogantemente" homossexual, reconhece que se embebeda às vezes e que experimentou maconha; pertence a um setor sociocultural em que tais depravações são quase rotineiras.

A força desses "indícios" se potencializa com o aporte da psicologia.

. *"Homem mexe"*. A psicóloga Elizabeth de Lemos Leoni Castro y Pérez interpreta os balbucios da menina, que costumava repetir (essa sexualidade infantil!) a frase "homem mexe". No entanto, na entrevista — levada a cabo com a menina internada na FEEM, onde era "uma menina dócil" —, "C. não referiu a frase", resistindo "a tocar no que aconteceu em casa".

Para o juiz, no entanto, "é evidente... que a afirmativa "homem mexe" é verdadeira, e que a menor ofendida na verdade se valeu de defesa psicológica ao prestar seu depoimento, em vez de de ser fantasiosa". Ocorre que é uma menina, embora reiteradamente manuseada, pudorosa.

. *xixi*. O fato de Chrysóstomo não ter levado a menina ao pediatra é prova de "maus tratos" (fls. 11). A prova da ausência do médico para cuidar de sua "incontinência urinária" se reitera (fls. 13).

. *nu*. "Com relação ao fato da menor ter assistido ao acusado embriagado e nu, aconteceu", depõe o michê Constantino. Isso serve ao juiz para rebater a "tese das carícias" (sic), levantada pela defesa. Já que: "será que a troca de carícias sem roupas não é atentatória ao pudor de uma menininha que ainda não tem qualquer malícia?". O costume de muitos pais de aparecerem nus diante de seus filhos é, assim, ajuizada. A menina, além do mais, dormia nua. (fls. 13)

. *a xoxotinha*. O hímen "cor-de-rosa" da menina está intacto, mas o juiz continua preocupado com essa "vagina avermelhada" que Maria Aparecida afirma ter visto. Depõe Constantino: "... de certa feita a depoente reclamou de suas partes pudicas, estava doendo".

. *parafilia e taras etárias*. Argumento de peso é o diagnóstico do "ilustre psiquiatra" Dr. Miguel Chalub. (fls. 14) Este reconhece no periciado "a presença de uma parafilia". A parafilia é um conceito um tanto elástico. Nesse caso, ela se deduz da própria acusação: "consoante a denúncia (o réu) pratica atentado violento continuado ao pudor com menor de quatorze anos"; "... sua parceira era uma criança impúbere (objeto sexual impróprio)".

A articulação da psicologia e da justiça prossegue com uma fugaz citação de Alves Garcia (autor de um tratado de *Psicopatologia Forense*: "Portanto, são doentes") e na reprodução de uma classificação de pedófilos desenhada por Leyris, em cuja fase de "*alcool et déterioration sénile (de 40 a 60 ans)*" é incrustado Chrysóstomo. (fls. 14)

Nesse quadro sórdido e lascivo, os sentimentos maternais de Constantino — que vivia com Chrysóstomo na época — são invocados em auxílio da moral: "reclamou com o acusado para que deixasse a menina em paz, mas não se recorda da ocasião". (fls. 15) Sua afirmação desmemoriada é tomada como prova de "maus tratos".

Construída a cena do estupro, os seguintes fólios da sentença se destinam a enunciar uma espécie de "psicologia penal" do personagem do estuprador. Deduz-se "a figura de concupiscência, de lascívia". (fls. 17) Depois, o juiz conta como o parafílico torna-se pedófilo, a perversão, psicopatia: "No interior da casa, embriagado, e em virtude do desvio de comportamento comprovado pelo laudo médico legal — parafilia —, usava a menor ofendida como objeto sexual, talvez sem se aperceber da profundidade do ato que estava praticando": a lei mergulha assim no "inconsciente". Com tais condicionamentos psicológicos, a cena do estupro se torna "realista" — verossímil. A homossexualidade e o alcoolismo, como provas do crime, reaparecem nos considerandos da pena: "tanto a parafilia... como a embriaguez eventual do réu certamente influíram na sua capacidade de discernimento" (fls. 23). No final, enuncia-se a sentença.

Vários fantasmas de um só tiro

Matam-se vários fantasmas de um só tiro: Chrysóstomo se transforma na bicha estupradora e na bicha que maltrata crianças. Duas figuras conflitivas do mundo heterossexual, divididas no universo normal — a violação e o espancamento de crianças —, são castigadas na figura de uma bicha, alcoólica, contestadora e maconheira. Cuja compaixão é inverossímil: trata-se de "lascívia" diante de meninas. Pratica-se, assim, uma espécie de expurgo simbólico de duas figuras maléficas — embora dificilmente punidas —: o pai violador e o pai castigador e bêbado condensam-se na figura paranoica do pai homossexual (pederasta): Chrysóstomo. Com o que a unidade familiar heterossexual permanece intacta e é reforçada: já que são as bichas (as bichas velhas, metidas a intelectuais) que maltratam e violam crianças — a bicha é o "bicho-papão". E uma bicha má, que transava com michês, como Chrysóstomo.

Já que o que está em tela de juízo não é a menina como tal — mas apenas como vítima de um desejo "perverso" —, seu destino não interessa muito. Depositada no reformatório, dificilmente estará livre dos maus tratos e dos "atentados ao pudor".

Contexto de um ritual

O "Caso Chrysóstomo" representaria uma espécie de ritual de expiação, cujo bode expiatório é o homossexual "mal-comportado". Para A. Silva, "a temporada que se abria com a perseguição movida contra Chrysóstomo era de caça aos *diferentes*, à rapaziada do estigma, em cuja primeira linha confessadamente formamos" (refere-se ao pessoal de *Lampião*). Trevisan suspeita, também, que "haja intenção de, através desse caso, criar jurisprudência para que homossexuais sejam proibidos de adotar crianças"⁴, temor que Aguinaldo manifesta por meio da advogada Flora Strozemberg.

A apresentação de um exemplar de *Lampião* como prova da imoralidade do acusado indica a hipótese de um conluio contra os *doentes e perversos*: "O que se quer é esmagar Antônio Chrysóstomo, a quem nunca se perdoou o fato de ser um homossexual arrogante, e de quem sempre se esperou o primeiro passo em falso para fazer o mundo desabar em cima dele. Tanto que o promotor anexou ao processo, como uma das provas contra o réu, um exemplar do jornal *Lampião*, dizendo que basta olhar suas manchetes para saber que são pervertidos tanto os que o editam como os que o leem" (Aguinaldo) — responsabilizando, assim, tanto editores como leitores, por um estupro que "nem mesmo ocorreu".

Chrysóstomo já estava detido quando o presidente Figueiredo lança, no início de 1982, uma "campanha contra a pornografia".

II – Uma fábula exemplar

> "Nessa história toda a menina é
> apenas um pretexto: inventaram."
> A. Silva, *Careta*, n. 5.

1.

Apoiada em noções jurídicas e psicológicas — que se sustentam, antes de mais nada, na comparação dos hábitos "libertinos" de Chrysóstomo com os modos pequeno-burgueses de suas vizinhas de prédio — a Justiça urdiu uma fábula paranoica, pela qual certos fantasmas suspeitos circulam.

---

[4] Tivemos acesso ao trecho não publicado da nota de João Silvério Trevisan, "Uma orgia bem comportada", *Folha de S. Paulo*, janeiro de 1982.

Nela, o acusado se transforma num vampiro libidinal que percorre as "bocas do lixo" da cidade valendo-se de sua posição... para seduzir milhares (!) de menores abandonados, miríadas de anjos em desgraça.

Outros fantasmas são mais familiares que o da pedofilia ambulante (verdadeiro ogro que ronda a digestão das famílias: "pequena, não aceite balas na rua"). Assim, a sombra do alcoolismo (o pai alcoólico!) derrama garrafas, encharca de vinho as manchas de esperma seco que uma Testemunha de Jeová viu rutilar sobre o tapete...: e tudo isso no nariz de suas escandalizadas vizinhas — que "avermelharam" a vagina da menina.

Sociedade familiar e vicinal, às engrenagens de cuja moral deveria imputar-se também a elusão de supostas "feministas" e "progressistas" — "uma questão tão delicada" —, ou, ainda, a condenação dos que se proclamam "contra o estupro" —, nesse caso, inexistente. De qualquer modo, caberia perguntar-se por quê, para alguns/umas, os ferimentos infligidos por um membro viril são mais graves que os infligidos com qualquer outra arma: já que os cotidianos assassinatos de crianças e adolescentes – principalmente negros – que "resistem" à polícia, de conhecimento público, não parecem provocar tanta comoção, como, tampouco, o massacre da guerra.

Esses ferimentos também parecem doer mais quando são infligidos fora do ambiente familiar: as feministas do SOS MULHER poderão testemunhar sobre a dificuldade de conseguir a condenação de um pai violador — em casos muito mais explícitos que o de Chrysóstomo, "casualmente" um homossexual. Talvez o que se condene em Chrysóstomo seja seu descuido na representação dessa ficção (a do pai). Mas não se trata, aqui, de estupro, e sim de que um pederasta (lembrem-se da confusão entre homossexualidade e pederastia) possa, valendo-se de artimanhas e jogos de influência, apoderar-se das meninas, deflorando um precioso bem que pertence, *per se*, às famílias — ou, em sua falta, à FEEM, instituição que não se caracteriza exatamente por sua ternura.

Só quem conhece a libidinosidade desses vínculos (pais/filhos; adultos/crianças) pode imaginar a cena: um pederasta público (redator de *Lampião*) que se desnuda quando se embebeda e desnuda também a pequena, obrigando-a a dançar sobre as mesas como uma "bataclã", em meio a marmanjos de moralidade duvidosa. Essa fantasia — a possibilidade de sua produção — parece ser, na realidade, o que se condena.

2.

Para construir a fábula, um código jurídico se articula sobre um discurso psicológico — ambos, por sua vez, operam sobre a fábula vicinal. Primeiro, monta-se o teatro edípico — colocando em cena uma avó dominante e uma velha amante (à qual é dada maior importância que a todos os *affaires* homossexuais do réu, e cujo caráter burlesco — o pesadelo do jovem manteúdo — é desconsiderado).

Mas como a partir do discurso psicológico não se pode provar nada — a não ser a culpabilidade imanente dos incorretamente edipizados, argumentação que a descrição do "homossexual egodistônico" parece assinalar —, devem ser introduzidos dados tomados do processo. Assim, demonstra-se a suposta parafilia pederástica, da qual a acusação (diz-se que ele havia maltratado obscenamente a menor, e aqui aparece o jogo da verdade) é, ela mesma, a prova. Tautologia especular — e, quanto aos métodos de produção da verdade do que confessa, não parece haver muita diferença entre o juiz e o psicólogo de delegacia — que sempre procura o que encontra. O depoimento da psicóloga que entrevista a menina — de 5 anos! é uma boa mostra de como sempre — e necessariamente — esse discurso encontra o que procura — o que deseja. Nesse caso da menina, diz que o pai a tocou – mas não esclarece onde. Onde mais seria? — interroga-se a psicóloga formada na escola fálica —; na genitalidade!

3.

Examinar o circo do processo da perspectiva do movimento das fantasias libidinais de seus atores — dar indício dessa visada —, talvez seja mais proveitoso que se perder nos escolásticos mecanismos de produção da verdade psicojurídica. A pessoa de Chrysóstomo ocupa o lugar vazio em que os atores vicinais projetam um imaginário tão revestido quanto sexualizado com as fluxões do *voyeur*. Tão grande a força dessa pulsão — o orgulho homossexual de Chrysóstomo parece espicaçá-lo, tão forte esse enamoramento — que o torvelinho desse amor contrariado arrasta consigo a justiça e a lei. De qualquer modo, a figura de Chrysóstomo se havia transformado num suporte tão importante do desejo do grupo vicinal, que uma das acusadoras se desdiz e lhe declara seu afeto, choramingando. Quem sabe tudo não passasse de uma grande cena de ciúmes, causada pela introdução de uma bonita *ninfette* nesse bando de voyeuristas culpadas? O que somaria às contraluzes da homossexualidade (ou da inveja da não inveja do falo) os resplendores da pederastia — é um pouco demais.

Certas fantasias se tornam insuportáveis e obrigam a que se escolham bodes expiatórios que paguem com o sacrifício de seu corpo (com a imobilidade da prisão) as fogosidades que seu deambular atiça. O objeto cresce tanto que ameaça devorar todo mundo — é necessário tirá-lo de circulação — tanto Chrysóstomo como a menina — (ou sair de cena, como cautamente faz o primeiro juiz [Mayr], que se exime de tratar as paixões envolvidas no caso, percebendo a sujeira dessa libido amontoada e pegajosa).

Consideremos, *en passant*, que a distância entre o respeitável amor pais/filhos e o reprovável romance crianças/adultos não parece ser, no fundo, tão grande. Assim, as feministas do SOS MULHER às vezes recebem mães que se queixam de que o pai mantém relações com a filha — ou com a enteada: mas essa intimidade não é necessariamente produto da violência, já que às vezes conta com o consentimento da pequena amante incestuosa.

4.

"Casualmente" posto como preâmbulo ao lançamento oficial de uma "campanha de moralidade" ("uma onda de permissividade assola o país", condensou o Presidente), o escarnecimento de Chrysóstomo parece constituir um microcampo experimental, que visa não apenas vetar a possibilidade de que um homossexual adote uma criança, mas também dar um basta intimidatório àqueles que ultrapassaram, em seu cotidiano ou em seu discurso, os limites da censura. A eleição da vítima — uma bicha pública e atrevida — no momento em que a moda gay reflui aos nichos do consumo, parece contribuir para essa hipótese — favorecida por uma ruidosa "conspiração do silêncio": "é melhor não falar no assunto".

"Homossexual", "alcoólico", "pederasta", "maconheiro", "editor de publicações imorais", toda a mitologia da transgressão se fecha sobre o prisioneiro Chrysóstomo: vítima antecipada de uma estratégia de reação que aponta para o perigo do "destampamento" como consequência de uma desalentada abertura. Estratégia que combina operações espetaculares *a la* Richetti,[5] com pequenos lances intimidatórios: sequestros de revistas pornográficas, fechamento de pornoshops, batidas em bares gays, etc.,[6] que indicam que, sob a aparente permissividade, a pornografia, a liberalidade sexual, continuam sendo oficialmente punidas.

5.

Dissimular o conteúdo repressivo da campanha presidencial contra a pornografia, com o expediente de dizer que a miséria é mais pornográfica (como a reação da oposição católica e progressista, que se parece com o horror do procurador diante da possibilidade

---

5) Em meados de 1980 o delegado Richetti desencadeou em São Paulo uma espetacular operação contra homossexuais, travestis, prostitutas, lúmpens, negros etc., procurando "limpar" a cidade à custa de centenas de detenções e inquisições. Uma de suas consequências foi a "limpeza" do Largo do Arouche e a transferência do "ghetto" gay de classe média para a zona de boites (Marquês de Itu), onde, de tempos em tempos, – denuncia o Grupo Somos – realizam-se batidas policiais menos ruidosas.
6) Houve muitos casos. Ver, por exemplo, o artigo "Polícia Federal fecha duas pornoshops em Minas", *Folha de S. Paulo*, 1/4/82.

de que o acusado permaneça solto numa cidade repleta de crianças abandonadas), é uma atitude no mínimo tão hipócrita quanto a daqueles supostos "progressistas" que, temendo macular-se com o melado libidinal do caso Chrysóstomo, optam pelo batido recurso à moralização, e passam para o lado dos acusadores.

"Traição" na qual se pode ler o maquiavelismo estrutural de certo sedicioso reformismo "sexual" (vivo entre gays, feministas etc.): é preciso voltar a cobrir, sob os saiotes franzidos da bicha bem-comportada, o carnaval da orgia que nos ameaça, com sua coorte de travestis, bêbados, michês, bichas venéreas, maconheiros... Postura cuja caracterização libidinal obviamos aqui — preciosas ridículas! —, mas cujo conteúdo normatizador se evidencia.

Além da injustiça 'expiatória', o caso Chrysóstomo constitui uma microoperação de política sexual institucional, que desencadeia a sua volta uma miríade de reações – e de olhares.

Do ponto de vista dos que pretendem desnudar os panos de fundo desse ato, suas tramas, parece decisivo assinalar algo que dele se colige: que uma crítica à política sexual institucional só será realista quando apontar para as mobilizações do desejo que há por trás das proibições e permissões do aparelho estatal, e não quando se limitar a enunciar o direito de ocupar novos nichos institucionais (mediante mudança de leis etc.), amputando, em troca disso, as pulsões menos apresentáveis. Mecanismo de recuperação que já está em marcha (ver, por exemplo, Hocquenghem[3]), sem aparente necessidade de que pontífices *aggiornados* da norma o representem.

III - Cólofon

As duas partes deste trabalho são independentes entre si. Pretendemos na primeira (*Montagem*, escrito, na verdade, *a posteriori*) desmontar os mecanismos de uma trama em suas articulações: articulação da intriga e do discurso psicológico com a máquina jurídica, por exemplo. Essa trama foi apenas esboçada: mais que uma descrição pontual, trata-se, por vezes, de enunciações que talvez possam ser entrecruzadas e aprofundadas.

Na segunda parte (*Fábula*), demos a ler essa trama do ponto de vista de uma confabulação. As referências e alusões da articulação desse delírio mereceriam, também, ser rastreadas.

Contudo, essas "distribuições de sentido", essas ramificações interpretativas, ligam-se a uma constatação "no real": Antônio Chrysóstomo continua preso. Sintetizando nossas impressões, poderíamos dizer que sua prisão se sustenta em vaginas avermelhadas por olhares desejosos (M. Aparecida); manchas de esperma no tapete (Georgina) e numa fabulação "psi" que funciona mais ou menos assim: há homossexuais "egodistônicos" que têm conflitos com seu eu; no caso de Chrysóstomo, esse conflito não passa pela assunção social, e sim pelo uso de objetos "não concordantes ou impróprios". Quais são esses objetos? A menina que *não* foi estuprada (e que isso fique claro: não houve nenhum estupro). Agora, a acusação se transforma em prova da veracidade do laudo psicológico.

Por sua vez, o juiz utiliza as conclusões do laudo para dizer que, dado que Chrysóstomo era um homossexual egodistônico, *poderia* muito bem ter feito aquilo que lhe era imputado: o ato sexual com pessoas "não concordantes ou impróprias". Repetimos: porque o laudo havia informado que Chrysóstomo era um homossexual egodistônico porque se deitara com meninas. Portanto, para o juiz, Chrysóstomo se deita com meninas porque é um homossexual egodistônico. A tautologia é perfeita, e fecha-se implacavelmente, como uma clausura.

É a captura desse "pedaço de vida vivida" que pretendemos assinalar: como, no "Caso Chrysóstomo", as barras da justiça, da intriga, da psicologia, clausuram o corpo de uma bicha pública, alcoólica, maconheira, arrogante, perversa, culta e rica, *estupradora*.

HISTÓRICO DO "CASO CHRYSÓSTOMO"

1/fevereiro/1979 – Roosevelt Antônio Chrysóstomo de Oliveira — mais conhecido nos meios jornalísticos como Antônio Chrysóstomo — adota a menina C. P. S., então com três anos de idade, que vivia sem residência fixa, com a mãe mendiga e débil mental, geralmente encontrada na porta do prédio onde funcionava a redação do jornal *Lampião*, no bairro da Lapa, Rio de Janeiro.

Outubro/1980 – Antônio Chrysóstomo é denunciado por vizinhos do prédio onde mora, acusado de maus tratos e estupro à filha adotiva. O Juizado de Menores é chamado, tendo apresentado-se como testemunhas uma vizinha e uma empregada doméstica.

Novembro/1980 – A menor Cláudia é retirada da custódia de Antônio Chrysóstomo e levada para dependências da Fundação Estadual de Educação do Menor (FEEM), onde permanece até hoje. Abre-se processo criminal contra Chrysóstomo, na 10ª Vara Criminal do Rio de Janeiro, sob acusação de infringir os artigos 214 (maus tratos a menor) e 224-A (uso de menor para fins condenáveis) do Código Penal.

26/novembro/1980 – Solicitado exame de corpo de delito, os médicos legistas do Instituto Afrânio Peixoto não constatam sinal de violação no hímen da menina.

3/julho/1981 – Por solicitação do promotor público Luís Fernando de Freitas Santos, o juiz José Carlos Schmidt Murta Ribeiro decreta a prisão preventiva de Antônio Chrysóstomo — alegando sua periculosidade, perante a existência de milhares de menores abandonados no Rio de Janeiro.

4/julho/1981 – Antônio Chrysóstomo é levado preso para a Polinter, no bairro carioca de Benfica.

Outubro/1981 – A promotora Maria Teresa Moreira Lima nega pedido de relaxamento de prisão do acusado — "para garantir a ordem" no Rio de Janeiro. O processo de Chrysóstomo é tornado sigiloso, quer dizer, não pode mais ser consultado pelo público interessado — fato não muito comum nos procedimentos da Justiça brasileira.

12/fevereiro/1982 – Após oito meses de prisão preventiva, Antônio Chrysóstomo é finalmente julgado e condenado a 2 anos e oito meses (por atentado violento ao pudor), mais 2 meses e 20 dias (por maus tratos a menor) mais 1 ano de medida de segurança (por periculosidade social). A sentença está sendo cumprida atualmente na carceragem do Ponto Zero da Polinter, no Rio de Janeiro.

12/março/1982 – Os advogados entram com Recurso de Apelação, solicitando a absolvição de Antônio Chrysóstomo, por irregularidades no processo.

Novembro/1982 – Chrysóstomo continua preso.

NOVE MESES EM PARIS[1]

Na segunda metade de 1989, cometi o erro (a imprudência, fascinado, qual menina proletária, pelas luzes benjaminianas das passagens de Lutèce) de aceitar, após duro trâmite, uma bolsa em Paris. O que se segue é uma crônica fragmentária dos infortúnios e dissabores que tão insensato deslocamento me causou, montada a partir de uma conversa com María Ines Aldaburu.

A roupa

Se o Brasil é um lugar onde não é preciso se vestir, já que o abismo social é tão marcante que com qualquer trapinho um sujeito da classe média se torna, automaticamente, um dândi, na França, uma sociedade mais democrática, acontece o contrário. É preciso se diferenciar a qualquer custo (esse é o tema de Bourdieu em *La Distinction*). A diferença passa por encaixar, no atroz burburinho do Metrô, umas borboletas douradas com gigantescas asas de lata nas orelhas, que cortam a cabeça de quem se atrever a encostar na orgulhosa portadora do brinco; voam, também, as adejantes engastadas nas fivelas das cinturas de vespas magras, a fim de exibir o resultado de tão anoréxico sacrifício. Os pescoços, vergados sob o peso dos colares! E têm pinta de chapadas. Fingem, estoicas, ser bonecas de cera. Além disso, as senhoras maduras costumam andar de ônibus, que são mais caros. Os pobres, resignados, aglomeram-se no torturante Metrô; considera-se chic aparecer na janela dos coletivos mostrando as cosméticas condecorações da aposentadoria. É que o ônibus demora mais, por isso é próprio de pessoas mais ociosas. Usam uns trajes

---

1) Existem deste texto duas versões: recentemente publicadas em *Medusa*, n. 7, out./nov. 1999 (versão enviada ao jornal *Nicolau* de Curitiba) e em *Hispamérica*, n. 84, 1999 (versão enviada a *Babel*, Buenos Aires). A primeira versão é completada e enviada com um intervalo de tempo entre Buenos Aires e Curitiba.

inacreditáveis. Uns tulezinhos! Engomadas até o cocuruto, sabe-se lá quanto laquê enfiam nas castigadas mechas até intumescer os lóbulos do cerebelo. Uma coisa completamente artificial, horrível, puro plástico: *plastic*! Os caras andam o dia inteiro engasgados, sufocados pelos nós e laços na fixidez das gravatas. Às vezes o rígido laçarote tenta enforcá-los enquanto comem. Também, com o que comem...

Hediondo, a julgar pelo que peidam. Sabe-se que os franceses raramente tomam banho. Os museus estão entulhados de sopeiras (a de Fontainebleau, napoleônica, é simplesmente fabulosa: tem centauros dourados nas bordas e côncheas afrodites na tampa...), fontes, esculturas e paredes roubadas dos lugares mais exóticos do mundo (que infeliz lugar se salvou de ser devastado pelos gauleses?): no Louvre, há um caco enorme de parede afanada, pré-babilônica. Tem de tudo, enfim. Mas banheiras, jamais. Sugestivamente, na caríssima pocilga (700 dólares) em que eu me escondia, constavam, como parte do *ménage*, uns trapinhos, em feitio de luva de boxe, para a gente se limpar sem molhar o couro. O rigoroso e pérfido inverno obriga os nativos a se cobrirem com pesados panos. E a derreterem no suor invernal dos vagões do metrô — tão arcaicos quanto os nossos, ou mais: as estações Art Nouveau (uma das poucas coisas bonitas) parecem saídas de um anúncio fim de século de sabonetes —, aquelas banhas recheadas de gordura de ganso emanam um odor mais profundo do que aquele que banhos de perfumes caros tentam, em vão, edulcorar. Oh, vastos mitos da doce França!

("Nós nos afastamos da França, Pai Ubu!", lamenta Mãe Ubu no final do *Ubu acorrentado*. "Não tema, minha doce menina", responde o ex-rei da Polônia, destronado.)

Terrorismo de balcão

Os bancos são horrorosos (e obrigatórios) em todos os lugares do mundo. Mas ir a um banco brasileiro — sabe-se que os brasileiros fingem (imperturbavelmente falsos) ser amáveis a qualquer custo — é um prazer, comparado a ir a um banco francês. Em Paris se pratica um terrorismo de balcão. É só você se aproximar do guichê e, zás!, já é mordido! Tascam-lhe a mordida antes que consiga chegar lá. Em vista deles, nós, argentinos, somos uns cordeirinhos. O mesmo acontece com a burrocracia universitária. Eles nos obrigam a sentir saudade dos carcamanos da Faculdade de Filosofia! No dia de minha chegada tentei, ingenuamente, matricular-me na Sorbonne. Pra quê! A burocrata, na flor florescida da idade, entrou num surto uivante, só porque um brasileiro tinha tido a coragem de me acompanhar, e naquela jaulinha em que ela ficava metida não era permitido entrar mais de um por vez, de jeito nenhum. "Mas ele acaba de chegar, tem problemas com a língua", suplicava meu amigo. E a hárpia, impávida: "Então que não se inscreva na Sorbonne". Não teve acerto.

Os intelectuais

Intelectualmente também não acontece muita coisa. O poderoso imperialismo cultural francês, que conseguiu enganar todo mundo, a começar pelos selvagens unitários, anda, ainda que a contragosto, e embora tente disfarçá-lo com as mais avessas fraudes, de capa caída. Um pensamento centrista, nada radical, neutro como o sabão neutro, domina por inércia. Puramente retórico. O extremo mais escandaloso é Baudrillard, espécie de palhaço de massas que, para cada duas ou três que acerta, manda fora quarenta abacaxis. Esse é o preço da fama. O próprio Michel Maffesoli diz coisas interessantes, mas às vezes lança qualquer nota, como quem solta serpentinas em carnestolendas venezianas. Deleuze, de longe o melhor deles, é absolutamente inabordável. Aposentado pela universidade, é um sujeito completamente áspero que faz, de caso pensado, política de causar rejeição. Tem umas unhas compridas como garras, prontas a arranhar até o dilaceramento quem ficar sob sua mira e, dizem, zanza feito um autista pelo labirinto do metrô, como um *yeti* pelas cavernas himalaias. Além do mais, está isolado por completo:

praticamente não toca a cultura francesa. Essa inflada enteléquia é de todo alheia ao pensamento de Deleuze. Alguém mencionar a palavra *desterritorialização* é um fato tão raro que merece uma festa. O lugar ocupado pelo grande Deleuze mais se parece com a continuação de Genet, volume 4, ou com o tomo V das obras completas de Artaud. É isto que acontece conosco, este é o nosso erro: ficamos fascinados por personagens que, na França, são absolutamente marginais, todos caem de pau neles. Os que nos agradam, na França, são os acabados, os que eles destruíram, perseguiram, espancaram até à crucificação, tornando sua vida impossível. Por isso eles cuspiam, insultavam, matavam, roubavam, para se vingar, porque o negócio era insuportável. Genet teve de aplaudir a invasão nazista, não lhe restava alternativa. Eu gostaria que os árabes viessem de uma vez por todas. O grande erro de Hitler foi não ter destruído Paris. A única coisa que a humanidade iria agradecer-lhe, a única boa lembrança que poderia ter deixado, não deixou, não fez isso. Por quê? Porque os soldados alemães se perderam no Metrô. Tinham de descer na Tour Eiffel. Tour Eiffel? RER C linha 12 conexão com a 11, atravessa La Concorde e cruza os corredores da Gare de Lyon. Ainda não chegaram, ainda estão por aí, perdidos. E o pior é que nem mesmo chamam a atenção, em meio à multidão que caminha pelas entranhas da Cidade Sombra procurando uma saída, por favor, e também porque em nada se diferenciam de seus antigos subordinados, os policiais franceses, principalmente se o lance é partir pra cima de um árabe na plataforma. Eis a grande lição de viver em Paris: a gente aprende a distinguir num instante um árabe de um berbere.

Por que não incendiaram o Louvre, aquele lugar bolorento? É uma vergonha, amontoam tudo o que roubaram ao longo de milhares de anos naquele trambolho. É de dar nojo. O que faz um caco de parede da Babilônia ali, como terá feito (Napoleão) para furtá-lo e transportá-lo?

Deleuze é respeitado, porque sabe e porque é temido. Resplandece no mezzanino distante da glória. Um astro solitário. Mas seu pensamento vai de encontro a nada. Foucault é um pouco menos desconsiderado. Tem um círculo que o segue. Contaram-me que um seminário sobre Foucault reuniu 55 pessoas e foi considerado o maior sucesso de público desde a Revolução Francesa. Não se via tanta gente junta desde a tomada da Bastilha.

São hiperindividualistas. Cada intelectual tem seu feudo e dali não sai nem a pau. Um feudo raramente se comunica com outro. Se em determinado lugar alguém reina, que ninguém venha lhe fazer sombra. E boa parte das coisas são efeitos retóricos que a nós, daqui, passam despercebidos. Lê-los é o seguinte... Começamos a ler e de repente nos perdemos, não entendemos algo, pensamos que é um problema de tradução ou que não sabemos bem francês. Mentira! Conversa! Eles mandam ver qualquer nota! Soltam o que lhes dá na telha! A primeira coisa que lhes vem à cabeça. Sentam-se e escrevem: o que pintar, pintou. Muito farol, muita pose.

E empinam o nariz, pois o que eles mais amam é o francês. É diferente daqui, na Argentina ninguém pensaria em amar o espanhol, em dizer, como elogio, que alguém tem um bom espanhol. Na França, o francês é o máximo! Dizer que alguém tem um bom francês é o elogio máximo, beira a perpétua beatificação. E os franceses, para acabar com a vida de todo mundo, mantiveram uma língua arcaica. A ortografia é um arcaísmo histórico. A maior parte das letras não são pronunciadas, guardam-se para mais tarde. Com as letras descartadas vão montando infinitas ladainhas. Por isso escrevem tanto. Já o espanhol é um idioma infinitamente mais moderno, em que a correspondência entre o que se diz e o que se escreve é relativamente alta. E se simplifica cada vez mais. Eles não: ao contrário, complicam-no. A cada três anos mudam tudo, para que aquele que não estiver por dentro passe por bobo. É uma língua de elite, uma língua de poder: a língua como instrumento de poder e de dominação.

O que existe é um pensamento de direita, ligado a um pensador do imaginário antropológico, Gilbert Durand, o único intelectual francês que não aderiu ao Maio de 68. Segundo ele, o mundo é intemporal, combate o historicismo. Tanto que entre os dessa linha e os da linha de Foucault, por exemplo, não há nenhuma conexão, a não ser uma citação de cortesia, porque fica bem. E os estudantes, em perpétuo pânico. Tente arrancar alguma coisa deles. Tremem de medo. Dizem: ai, o que é que o professor vai achar disso? Um servilismo não voluntário, mas obrigatório. Se você, por acaso, cita alguém que não é do partido de M. le Professeur, tchau, pisou na bola, tira -2, volte em março de 93. Uma cultura completamente fechada sobre si mesma, uns feudos mais fechados do que uma concha. Descobrem agora autores norte-americanos como o sociólogo Becker, que foi traduzido aqui em 1971.

Agora, por que Foucault é mais popular que Deleuze? Devido ao *Antiédipo*. Porque o *Antiédipo*, que fez um sucesso estrondoso, que é bárbaro e que continua a nos fazer a cabeça por aqui, na França é objeto de execração generalizada. Querem esquecê-lo! Também não querem se lembrar do surrealismo. Entram em pânico. De Dadá, então, nem falar, um vazio. O surrealismo está enterrado na França, é absolutamente inexistente. E se acontece isso com o surrealismo, o Maio Francês é o que há de mais desprezível. Só o fato de mencioná-lo já pega mal. É sinal de falta de educação: uma grosseria. Motivo de riso escarnecedor. O único que se lembra dele é Guattari. Claro, Guattari é objeto de piada, porque num lugar onde ninguém se lembra... Como se na Argentina ninguém se lembrasse de 45, e o sujeito fosse o último peronista. Isso faz com que os outros pareçam anacrônicos, brandindo, entre soluços de saudade: "Você se lembra, minha irmã, de quando o orgasmo era clitoridiano?" As frases começam, inevitavelmente, com a locução: "Há dez anos..." É a evocação permanente, o evocar do revocar: tudo aconteceu há dez ou vinte anos. Umas feministas antigas, sobreviventes da Atkinsons! Não têm mais acesso a nada. Vivem repetindo fórmulas já vazias a título de evocação. Nesta altura do século, continuam dizendo que a religião é uma *reterritorialização*. A expansão furiosa do islamismo não é, segundo eles, um fenômeno novo: é uma reterritorialização arcaica. Vão acabar sendo devorados pelos maometanos antes que possam perceber. Também, o que lhes resta, se na França ninguém perdoa o *Antiédipo*?

Além disso, há um problema mais de fundo. Principalmente em *Milles Plateaux*, eles se jogam na desterritorialização às cegas. Tudo o que for vagabundo lhes parece encantador: nômade daqui, drogado dali, corpo sem órgãos de acolá. Acontece que, a partir da época sinistra e tenebrosa dos 90, toda essa onda de alternativo, psicodelismo, loucura, enfim, tudo isso acabou, o feminismo, o movimento gay, tudo isso foi destruído e rebentos horrorosos estalaram nas ruas, com a heroína substituindo o LSD. Uma coisa reles, vil: querem se matar. Uma saga letal. E como tudo se recontracaretizou na França, para aquele sobrevivente do fumo só resta o isolamento mais extremo e nauseante. O primeiro baseado os precipita na mais áspera marginalidade. Todos os vínculos entre o marginal e a sociedade normal foram destruídos. Deleuze, estoicamente, batalha. Chega ao extremo de comparar Napoleão a Stálin, para provocá-los onde lhes dói mais: sozinho como uma ostra. E a queda do muro levantou uma onda de repelente petulância.

A guerra racial

Os inimigos são os outros. Acabou-se Lévi-Strauss, acabou-se a antropologia estrutural com suas veleidades compreensivas. Os inimigos são os não-brancos. Pior: na Suíça, os inimigos públicos são os portugueses; são expulsos, abandonados nos Alpes gelados. Na Itália, supostamente o país mais tolerante da Europa, bandos de milaneses e florentinos atacam os senegaleses nas feiras de bijuteria, matando-os a pauladas. Paris é a guerra racial desenfreada. Os árabes são cuspidos. Anda-se no Metrô como quem caminha no meio de um filme da guerra fria: a qualquer momento pode voar um árabe pela janela. Ou então estes o atacam, pois há muito tempo odeiam a França; há mais de 150 anos são escravos dos franceses. E odeiam as mulheres. A impressão é a de que as mulheres francesas viveram a emancipação e fracassaram. Alcançaram a famosa autonomia individual e agora não têm o que fazer com ela, onde enfiá-la: talvez no divã, que lá é caríssimo. Todas sozinhas, como cogumelos. Os caras, fugindo, esquivos, leitosos. E as tipas, levando sua autonomia individual nas costas como quem carregava o clitóris nos anos 70, não sabem mais o que fazer, cada vez mais autônomas e mais individuais.

Os que se cansam fogem da França. Os que conseguem escapar são geniais (até que voltam, e então são suicidados, como Van Gogh). Vão para o Brasil, para os Estados Unidos; a Argentina os fascina, porque ali encontram brancos do lado de baixo do Equador. A América do Sul é uma festa para eles. Lá em Paris trabalham como cavalos. As pessoas são absolutamente sós, amigos íntimos se veem, no máximo, a cada cinco meses, e com a mais solene cerimônia: não sabem se lhe telefonam, se não lhe telefonam... Se lhe dá na cabeça, num repente de irracionalismo, passar pela rua e tocar a campainha, *caput*, você é imediatamente expulso do território francês, por perturbação da ordem pública e privada. Simplesmente o dispensam e nunca mais lhe abrem a porta. Se chegar quinze minutos atrasado, nem ao menos se dignam recebê-lo.

Em face disso, envergonhadas por estarem em semelhante sociedade, o que as mulheres árabes fazem é cobrir-se de véus; e aí provocam a fúria das francesas. Elas nem se escondem tanto: andam apenas com um lenço na cabeça. O mais engraçado é que as mulheres se cobrem e os homens árabes não: andam todos musculosos e sensuais, soltando febre de sexo pelos poros descobertos, para horror e desejo dos compatriotas. As francesas são como os turistas de meu poema "Los orientales": "só pensam em sexo sexo sexo". Você vê suas boquinhas fazendo aquele biquinho e parece que vão vampirizá-lo, chupar todo o seu sêmen. Consumidas por umas dietas torturantes que as reduzem à anorexia e à halitose! Comem salsichas, carnes cruas, chouriços podres, pepinos ao vinagrete, chucrute com chocolate, têm sempre cara de quem está sofrendo do fígado, e o pior é que deve ser verdade. E carregam tanta quinquilharia que mais parecem uns museus ambulantes, pinheirinhos de Natal espremidos no tumulto suarento do Metrô. E se acham tão finas! Uma piada! Não vamos nem falar aqui da tacanhice: deixemos isso para o próximo capítulo.

AUTORRETRATO

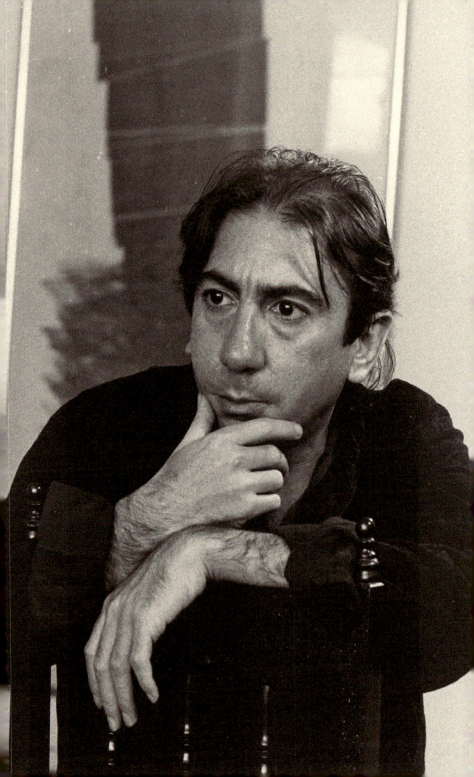

69 PERGUNTAS A NÉSTOR PERLONGHER[1]

1. Qual foi seu primeiro texto?
Um poeminha ridículo sobre a província de Buenos Aires, escrito aos 7 ou 8 anos. Depois, no secundário, ganhei um concurso, inspirando-me livremente num disco arabizante.

2. Lembra-se de quais foram seus motivos?
Certa mania de introspecção. Um desejo de abrigo, não suportar o mundo.

3. Quem foi seu primeiro leitor?
Alguns colegas (poucos) da escola. Eu era um tanto excêntrico, reunia-me com as meninas, não me dava com os rapazes. Escrever, nessa idade, tem algo de feminino. Mas minha sedução era forçada e implacável, já que perseguia meus esquivos leitores.

4. Quais foram os primeiros comentários que recebeu sobre esses textos?
Algumas professoras me incentivavam. Os colegas do Comercial de Avellaneda me olhavam com desconfiança: poesia era coisa de maricas. Aos 15 ou 16 anos comecei a procurar círculos mais favoráveis. Um Secretário de Cultura de Avellaneda chamou-me a atenção para a profusão de "pálpebras", "sombras" e "travesseiros" em meus primeiros versos (um efeito um pouco hipnótico). Um poeta, Héctor Berra, dono de uma livraria local, disse-me que minha poesia não era nem boa nem ruim, apenas regular. E deixou-me participar de um recital de adolescentes, em que apareci, tardiamente existencialista, todo de preto.

---

1 A revista *Babel* editava em cada um de seus números uma seção intitulada "La Esfinge", que consistia em um questionário de 69 perguntas idênticas a cada autor. De São Paulo, Perlongher enviou suas respostas, que saíram no n. 9, de junho de 1989. *Babel* foi publicada entre 1988 e 1992.

5. Guarda algum traço daquela escritura?
Devem estar em algum lugar, as coisas se perdem com as mudanças.

6. O que estava lendo naquela época?
Quando era menorzinho, a coleção de aventuras de Bomba, um Tarzan sensual do Amazonas. Depois, tudo que me caía nas mãos (não muita coisa, cresci numa casa praticamente sem livros: o livro era algo que ocupava espaço); empoladas coleções de "Trechos escolhidos", romances isolados de Somerset Maugham ou D.H. Lawrence, romanções amarelados da Tor. Nos romances de Júlio Verne, pulava as descrições e lia os diálogos. Também lia livros escolhidos, com estampas de uma crueldade fascinante. Mais tarde, durante o secundário, Güiraldes, Alfonsina Storni, Neruda (lembro que escandalizei a diretora pedindo o *Canto geral* como prêmio); Góngora deslumbrou-me.

7. Como teve acesso a suas primeiras leituras?
Como já disse, havia em minha casa certa aversão aos livros. Fui me virando na escola, com indicações das professoras, e empréstimos de uma tia que estudava advocacia.

8. Em que idiomas lê?
Em castelhano, português, francês. A contragosto, em inglês. Poesia, quase sempre em espanhol, pois se trata de um trabalho com as intimidades da língua.

9. Que autores tiveram mais importância em sua formação?
Entrecruzamentos múltiplos, somos um pastiche de ecos e de vozes, "agenciamentos coletivos de enunciação", diria Deleuze: "uma solidão infinitamente povoada". Mas os que mais me nutriram — a poesia é um elixir — foram os surrealistas (como Enrique Molina), o "Uivo" de Allen Ginsberg, passando por Góngora e Lezama (uma verdadeira intoxicação narcótica), Sarduy e, entre os argentinos, meu encontro com Osvaldo Lamborghini foi decisivo.

10. Qual é seu poeta favorito?
Góngora, Lezama Lima. Mas também Artaud.

11. Quando e onde se encontra com escritores?
Muito ocasionalmente, quando viajo a Buenos Aires, uma vez por ano. Mas então aproveito e vejo todos de uma só vez. Felizmente, São Paulo é uma cidade bastante cosmopolita e de quando em quando chega alguém. Mesmo assim, estou bastante isolado, não me integrei nos círculos poéticos locais — entré outras coisas porque escrevo num espanhol ilegível. Isso cria um problema, que é a falta de um ouvinte imediato, mas obriga a polir e burilar a sós, até o êxtase ou o tédio.

12. Tem amigos escritores? Quem são?
Alguns, não muitos. Quando vou a Buenos Aires não deixo de ver Arturo Carrera, Tamara Kamenszain, Hugo Savino, Victor Redondo e o pessoal da Último Reino, e outros mais jovens que tornariam a lista cansativa. Sinto falta das tertúlias, a conversa não é uma instituição muito brasileira; quer dizer, os bares não têm mesinha, mas um balcão, onde a gente conversa de frente para o lavador de copos, em meio a um barulho de rádios infernal. Não há essa paixão argentina pela polêmica. Em compensação, também não o patrulham com confidências de interpretação selvagem, há certa cortesia à distância. Com alguns escritores me correspondo, ou me correspondia. Sinto saudade dos (dispersos) encontros com Roberto Echavarren, poeta uruguaio que vive em Nova York. Converso bastante com outro uruguaio, Carlos Pellegrino, que viaja muito ao Brasil.

13. Tem inimigos? Quais são?
Prefiro não saber.

14. Pertence a algum grupo?
De forma fixa, não. Mas passeio por tudo que seja alternativo, contestatório (ruínas do *underground*), nômade. Ultimamente,

menos. Os laços de sociabilidade se afrouxaram um pouco no Brasil, e a condição de estrangeiro pesa.

15. Quais são seus personagens de ficção favoritos?

Digo o que me vem à cabeça: Ubu, K., o Marquês de Sebregondi, talvez, um pouco, Larsen ou Molloy, e, entre os mais recentes, a Kitty de *La luz argentina*, de César Aira. E poderia continuar e continuar — com a Cadillac de *Cobra*, por exemplo —, pois isso depende dos blocos volúveis da memória, de efeitos pontuais, insistentes em sua fugacidade.

16. Que personagem feminino se aproxima de seu ideal de mulher?

Divina, de Genet.

17. Que frase da literatura cita com mais frequência?

Uma de Deleuze, já citada. De Lezama Lima: "Desejoso é aquele que foge de sua mãe". Várias de Osvaldo Lamborghini: "Paciência, cu e terror nunca me faltaram"; "Jamais seremos vandoristas!"[2] *Boutades* de Sarduy: "Para fazer a revolução, a primeira providência é ir bem vestida". E outras joiazinhas que encontro por aí, ao acaso, e que vêm a calhar.

18. Quais são os traços definidores de seu estilo?

Pergunta de/a crítico literário. Arrisco: certo "embarrocamento" (não dizer nada "como vem", e sim complicar, beirando a contorção) amaneirado ou maneirista e, ao mesmo tempo, uma vontade de fazer passar o uivo, a intensidade. Uma forma rigorosa (volutas

---

2) "Jamais seremos vandoristas" foi uma divisa política dos anos 70, da militância da esquerda revolucionária que se opôs à burocracia estatal e à manipulação dos direitos dos trabalhadores. Augusto Vandor foi secretário-geral do sindicato metalúrgico e a principal figura do sindicalismo argentino de 1959 a 1972. Com ele surge uma nova burocracia sindical, especializada em administrar a desmobilização, com greves gerais, com discursos radicais e escassamente combativas, negociações permanentes com todos os setores do poder. Em 1968, o panorama sindical, em virtude de ameaças e ofertas por parte da ditadura de Ongania, uniu dois grupos, o de Raimundo Ongaro, dirigente gráfico de orientação social-cristã que assumiu o comando da CGT, e o setor vandorista, na época carente de espaço de participação política. Em 1972, com a morte de Perón e sua sucessão por Isabel Martínez, a Argentina entra numa etapa de caos político e de espetaculares assassinatos, entre os quais o de Augusto Vandor, que não foi assumido por nenhuma das facções conflitantes da sociedade. (N.E)

voluptuosas) para uma forma em torvelinho. E o desafio constante de perder-me nas maromas das letras, eflúvio dançarino, no limite da insensatez, da sem-razão. Já falei de um "barroco de trincheira", cabo subterrâneo. Ou de um "neobarroso", que afunda no lodo do estuário.

19. Qual de seus livros prefere?
Alambres.

20. Que efeito lhe causam as críticas sobre sua obra?
Interessam-me, já que costumo jogar com a polissemia, e servem-me de referenciais no pântano. De todas as viagens que fazemos pelos próprios textos, acabamos não sabendo qual é a recorrente. A crítica corre o risco de impor uma sobrecodificação, mas também dispõe mapas, cartografias itinerantes do inapreensível.

21. Que opinião sobre você mais o aborreceu?
Aborrece-me que os efeitos da frivolidade (superfície lavrada, têxtil do brilho: simulacro de banlons e corpetes) sejam lidos, significativamente, em detrimento de uma suposta "profundidade" (que não é, diria Foucault, senão uma dobra da superfície que se estira). E, nesse mesmo rumo, que se infira ou que se suspeite, arguciosamente, de um "torremarfinismo" nessa procura de iridescências velozes que deem, indecisas e ébrias, uma forma (precária, provisória) ao êxtase dionisíaco ou ao desequilíbrio batailleano. Penso que a poesia experimenta um "plano de expressão", cuja "harmonia" se deve colocar, por assim dizer, a serviço das convulsões intempestivas, das microtragédias do desejo, sem pretender "significá-las", mas, no máximo, traçar, na dor (gozosa) da "extração da pedra da loucura", leves linhas de fuga que intensifiquem — que façam resplandecer em seu reverberar — os estremecimentos da alma, as derivas (monacais?) da paixão, os arroubos ou, mesmo, a fixidez. A contraposição (ou sujeição, conforme o caso) à chamada "poesia social" me aborrece muito, pois traz implícita toda uma redução, alvenaria acartonada, a

certa formalidade legalista, que concede apenas leitos asfaltados ao remoinho dos afetos. E aborrece-me que se considere esse trabalho fronteiriço ("contra" ou de costas para o sentido) um "ludismo" que rima com "idiotismo".

22. De que condições necessita para escrever?
Isolamento. Loucura escravizante (as pontas dos dedos nas teclas). Silêncio. Guaraná, chá, cigarros. Não ter muita coisa para fazer, principalmente para ler, para escrever, senão o mambo se dissipa no imediato. A menor interferência possível. Às vezes, folhear alguns livros de poesia, ou mesmo textos anteriores, para entrar no clima. Dispor de uma noite sem urgências, sem compromissos. Tempo para coçar, em vazios devaneios. E, o mais importante, uma forte dose de energia: *axé* (a "força", no paganismo afro).

23. Por que etapas seu trabalho passa até chegar ao texto definitivo?
Sempre escrevo à máquina (sinto falta de uma velha Hermes Baby, já desmantelada). Vou por tiradas, deixo fluir, velocidade no frenesi. Um "método"(?) um tanto antológico: depois leio e releio infinitas vezes para ver o que sobrevive às inúmeras passadas, pessimistas ou céticas. Sobra muito pouco: às vezes um poema isolado numa série de dez ou quinze. Outras, menos que isso, uma ou outra linha, nada. Não tenho problemas para descartar o que, ainda que minimamente, "não me toca". E tudo tem que brilhar, iridescência.

24. O que está escrevendo no momento?
Uma série de poemas (relativamente curtos para meu hábito) intitulada provisoriamente *Yagé*, "inspirados" na experiência do Santo Daime (e que devem algo ao *Cuaderno del peyote*, de Carlos Riccardo, apesar de não haver uma intenção "descritiva", mas, principalmente, "sensitiva"). Mas eles ainda vão passar por um longo processo de observação. A Sudamericana ameaça publicar meu *Parque Lezama* este ano. E tenho outro livro de poemas em observação, *Hule*.

25. Que livro gostaria de ter escrito?
Deliro sempre com livros que não saem da sombra. Essa tensão motivada pelo não escrito funciona como estímulo ou condenação. Mas são sonhos tênues, que não vale a pena registrar, pois se dissipam.

26. Em que país gostaria de viver?
Talvez na Argentina, se não fosse tão autoritária, hipossensual, decadente — ou seja, se fosse, não custa sonhar, "outra" Argentina, sem que para isso houvesse que recorrer (espanto afugentador) ao Despovoador de Beckett. Talvez na Bahia, Brasil, se lá houvesse como se manter sem se arruinar. O exílio, embora tenha seus lamês dourados, desterritorializa. E parece que não há volta, territorializa-se na desterritorialização, um nomadismo da fixidez.

27. Em que época teria escolhido viver?
Deliremos. Na França dos Anos Loucos. Ser xamã no apogeu dos reinos africanos do candomblé. No furor da borracha amazônica, como Fitzcarraldo. Mais remotamente, participar dos rituais dionisíacos dos gregos. Como diz Lezama, a escritura, entre os vapores dos pós para a asma, induz a uma espécie de desterritorialização fabulosa: "Apenas fechando os olhos, enquanto esfrego a lâmpada mágica, posso reviver a corte de Luis XV e situar-me ao lado do Rei Sol, ouvir missa de domingo na catedral de Zamora junto de Colombo, ver Catarina, a Grande, passeando pelas margens do Volga congelado ou ir até o Pólo Norte e assistir ao parto de uma esquimó que depois comerá a própria placenta" (outra das citações que repito com prazer).

28. Se lhe garantissem impunidade, quem você mataria?
Aqueles que, por exemplo — fascismo cotidiano —, nos jogam o carro em cima quando atravessamos a rua, esporte bastante frequente no Brasil. E outros fascistas não tão "micro": disparar nas botas do pesadelo azul.

29. Quem você ressuscitaria?

Convite à Mesa Branca (simulacro transmigrante que pode servir, como ao protagonista de *Pequeñas Maniobras*, de Virgilio Piñera, de refúgio). Transumaria, assim, ao acaso, Camila O'Gormann; um amiguinho trotskista-gay — o Zampi —, que sucumbiu nas listas de desaparecidos; um casal de colegas sociólogos, Mario Isola e Ana Kumiec, sumidos nos porões; um outro amigo, Marcelo García, que, tendo sufocado seu "devir Joana D'Arc", jogou-se contra um trem em meio ao terror.

30. Qual é o feito militar que mais admira?

As Cruzadas, uma fuga de massas. Os ataques indígenas, no clima de *Ema, La cautiva*. O Cerco de Montevidéu — mas do lado da Comissão Argentina e das tribulações de Pardejón Rivera. Épicas insurrecionais: a Comuna de Paris, o Maio Francês, o Cordobazo.

31. Qual a reforma que mais lhe agrada?

Apesar do prurido burocrático, a supressão de certas leis e "decretos policiais" que inibem (e reprimem) as liberdades cotidianas, sobretudo a de circulação, e o direito à diferença. No caso da Argentina, são particularmente aberrantes abusos como a "averiguação de antecedentes" e o "2º H", que pune os passeios eróticos. Seria um alívio mínimo.

32. Qual é seu personagem favorito na história argentina?

A já mencionada Camila. Gombrowicz. Tanguito.

33. Tem ou teve alguma militância política? Qual?

Juvenilmente, no trotskismo estudantil e na Frente de Libertação Homossexual. Sem chegar a militar (palavra suspeitosamente ambígua), tento manter-me informado sobre movimentos alternativos de minorias. Sei que os limites atuais da política são estreitos e anacrônicos, mas tampouco me seduz a bovinidade do pós-modernismo à la Baudrillard. As mudanças que me interessam passam, antes, pelo microscópico, pelo molecular, em certo sentido pelo existencial, sem que deixem de ser coletivas, ou melhor, "neotribais".

34. Tem algum fanatismo?
Creio que tive alguns, mas foram perdendo o ímpeto. Talvez conserve traços disso nos afetos pessoais, certo perder-se no impulso — exaltações passageiras.

35. Qual é seu quadro predileto?
"A liberdade guiando o povo", mais pelo que chamo de "efeito Delacroix": embriaguez da paixão revolucionária. O pontilhismo de Seurat. Caravaggio.

36. Qual é seu perfume favorito?
O almíscar.

37. Que esportes pratica ou praticou?
Nenhum. Trauma da "Educação Física" do secundário, não suporto ginástica nem esporte.

38. Qual é seu prato predileto?
Linguado ao Roquefort. Um rocambole de carne recheado de legumes chamado Pío Nono.

39. Qual é sua bebida favorita?
Um bom vinho. O mazagrã de La Paz. Mas agora quase não bebo.

40. Tem algum vício ou dependência?
Não os chamaria desse modo; tenho certas predileções. Faz-me lembrar a advertência de um taxiboy: "Faço isso por interesse, não por vício".

41. Qual é seu nome preferido?
Isso varia tanto! Às vezes gosto de nomes como Diego ou Gonzalo, ou de outros brasileiros, como Valdir ou Djanira. Mas tenho que ficar, por essas ironias da história, com Rosa.

42. Qual é sua piada predileta?
Algo banal e antigo: uma inversão da fábula da formiga e da cigarra, onde esta última, a despeito da versão conhecida, engata-se em pleno inverno com um rico escaravelho, que a leva em lua de mel a Paris. A perplexa formiga lhe pede, já que vai a Paris, que transmita seus xingamentos a La Fontaine.

43. Que matérias eram seus pontos fracos?
Matemática (passei aprendendo tudo de cor). Havia matérias que eu detestava, como Contabilidade e Merceologia (!). Curiosamente, Datilografia.

44. Há alguma ciência que lhe interesse particularmente?
Gostaria de entender mais de física moderna e de linguística.

45. Qual é sua música favorita?
Curto a percussão: por exemplo, Naná Vasconcelos. Outros músicos brasileiros experimentais: Egberto Gismonti, Hermeto Pascoal, Paulo Moura.

46. O que sente ao cantar o Hino Nacional?
Não se pode evitar certo prurido, em meio à intranquilidade que a exaltação patrioteira suscita. Ou evocar a visita da inspetora, saindo do Fiat com um casaco de peles, atiçando o nervosismo da formação milico escolar.

47. Como definiria a argentinidade?
Seria uma forma domesticada, mais branda, da condição de estrangeiro, já que ninguém pode estar, esquizo, senão do lado de fora.

Mas também um veludo de ruas e de roçares, um estado de corpos muito rígido, cujas emulsões, no entanto, estão impregnadas de um cheiro familiar, entranhável: o nosso. Torpor orgânico, semi-animal, que nos leva a deitar em coxins conhecidos, apesar do pesadelo católico e dos desfiles de lápides, marmóreos cáquis. É significativo que, numa sociedade tão homogeneizante e controladora como a argentina, pessoas diferentes de todo tipo se vejam impelidas a acotovelar-se em heteróclitos redutos que misturam punks, trânsfugas do circo, nômades de café e todo carnaval minoritário, encadeando cumplicidades intempestivas, entre os interstícios do panóptico (olhos dos empregados, porteiros e vizinhos). A Argentina de meus afetos — que me perdoem a pretensão — seria a dessas socialidades menores — uma espécie de "Argentina menor" — com suas alianças, angústias, expansões. É triste reconhecer quão longe estamos.

48. Convive com animais?

Não. Embora goste de gatos. Mas temo não saber cuidar deles.

49. Em que ocupa seu ócio?

Em me jogar, hirta jacência, folheando um jornal velho ou um romance leve.

50. Em que medida sua condição de escritor influenciou sua relação com as mulheres?

Isso causa, ou pelo menos é o que imagino — uma sensação de estranheza, como se estivessem diante de alguém que, em que pese sua insignificância, tem alguma coisa, carrega um segredo.

51. Que filmes viu várias vezes?

Livia, de Visconti. O japonês *O império da paixão*. *Os anões também começam pequenos*, de Herzog. *Querelle*, de Fassbinder. Veria vários outra vez: o alemão *Tiro de Misericórdia* e o polonês *Madre Joana dos Anjos*, entre eles.

52. Que órgãos de imprensa lê?
A *Folha de S. Paulo*.

53. De que vive?
De um parco salário como professor na Universidade de Campinas, a 100 km de São Paulo.

54. Qual é sua relação com o dinheiro?
Decididamente conflitiva. Contenho-me em bobagens e esbanjo em livros. *Potlatchs* irrefreáveis, não consigo entrar numa disciplina austera. Nem deixar, com isso, de viver modestamente, tipo acampamento em devir aduar.

55. Como imagina seu momento perfeito?
Um clarão de êxtase. Um instante — se perecível, persistente — de fusão, de saída de si. Raras joias de uma duração intensa.

56. De que dia de sua vida você se lembra mais especialmente?
Não quero revelar segredos.

57. O que mais o envergonha?
Dar um fora. Deixar escapar coisas terríveis. Ou me encolher todo numa reunião importante e cair numa impassível vontade de nada.

58. O que mais teme?
O terror.

59. De que se arrepende?
De não ter tomado, quando preciso, decisões mais rápidas e audazes. De não reunir, às vezes, força para a obra, por cansaço, preguiça ou, simplesmente, por não ter saco.

60. Quem você despreza?
Os dedo duros e os tiras.

61. O que detesta acima de tudo?
O machismo, o racismo.

62. Qual seria sua maior infelicidade?
Que se cortasse, diluindo-se, a veia escritural. No outro extremo, uma reclusão hermética, que beirasse a rejeição.

63. Qual é o principal traço de seu caráter?
Se não há um eu, se somos todos multiplicidades, fica difícil unificar os traços de um caráter. Pode-se tomá-lo por dispersão; ou, também, por vontade de conexão. Talvez, certa paixão pelos limites, por assomar aos abismos, por partir, mas talhada — pelo menos é o que se pretende — com o rigor de um ourives.

64. Quantas horas dorme?
Durmo bastante, umas nove horas por noite. E às vezes não resisto a tirar uma soneca.

65. Como gostaria de morrer?
Quase dormindo, no êxtase opiáceo de um supliciado chinês, sem dor, e sem incrustações hospitalares.

66. Crê em Deus? Em qual?
Se se trata do monoteísmo judaico-cristão, sou totalmente ateu ou "anti-teo": não suporto a Igreja. Mas desde que cheguei ao Brasil me impressionaram os paganismos mais ou menos sincréticos, como o candomblé de estirpe africana e, mais recentemente, a religião do Santo Daime, de origem amazônica, que sacraliza a experimentação da poderosa *ayahuasca* (ou *yagé*) de forma altamente ritualizada, em que as mirações (visões vibrantes) são ritmadas com hinos de um profuso sincretismo, com fortes componentes de catolicismo popular. Para dar uma ideia, a flamante Igreja do Santo Daime em São Paulo leva o nome de "Centro Eclético de Fluente Luz Universal Flor das Águas". Trata-se de um acesso direto à experiência

divina, através da bebida sagrada. Ocorre-me pensar, mais que num Deus, numa multiplicidade proliferante de entidades divinas que denominam, por assim dizer, estados intensivos, sinais de trânsito de intensidades — como Lyotard detecta no carregado politeísmo do Baixo Império Romano. O que se sente, sim, é que existe uma força extática no movimento.

67. Qual é seu lema?
Não me ocorre nenhum.

68. O que gostaria de ter sido?
A gente vai sendo o que dá. Alguns rumos truncados: político, jornalista, talvez prosador. Num plano mais radical, gostaria de ser negro. Ser um traidor da raça branca. Ser é devir: devir negro, devir mulher, devir louca, devir criança.

69. Para que serve um escritor?
Para divertir a magia, desfigurar, confundir, espalhar as palavras da tribo. Intui-se na poesia um eco oracular, mas são apenas as dobras das pregas das deusas erráticas e polimorfas. A poesia moderna — rede molecular, círculo de filatelistas — trabalha diretamente no plano da linguagem, para a linguagem. Em que medida não se poderia esboçar, simplificadamente, uma tensão entre força e forma, entre forças intensas e materiais de expressão? O labor poético apontaria para a medula do sentido, dos sentidos codificados, instituídos. Até onde vai o esvaziamento, em que, vacúolo, resplandece o vazio.

RETRATOS DE
NÉSTOR PERLONGHER

NEOBARROSO: IN MEMORIAM

Haroldo de Campos

"hay
cadáveres" — canta néstor
perlongher e está
morrendo e canta
"hay..." seu canto de
pérolas-berrucas alambres bo-
quitas repintadas restos de unhas
lúnulas — canta — ostras desventradas um
olor de magnólias e esta espira
amarelo-marijuana novelando pensões
baratas e transas de michê (está
morrendo e canta) "hay..."
(madres-de-mayo heroínas-car-
pideiras vazadas em prata negra
lutuoso argento rioplatense plangem)
"...cadáveres" e está
morrendo e canta
néstor agora em go-
zoso portunhol neste bar paulistano
que desafoga a noite-lombo-de-fera
úmido-espessa de um calor serôdio e onde (o Sacro Daime é uma — já então — unção quase extrema) canta
seu ramerrão (amaríssimo) portenho: "hay
(e está morrendo) cadáveres"

27 de outubro de 1993

Revista El Porteño, *Buenos Aires, n. 88, abril 1989.*

A OUSADIA DOS FLUXOS

Roberto Echavarren

Ao morrer de Aids em 1992, Néstor Perlongher legou uma das obras mais consistentes da literatura hispano-americana, e, embora breve, não menos alentada. Ele é, sem dúvida, um dos poetas mais sugestivos e vigorosos a partir dos anos 80 na Argentina. Mas o conjunto de seus escritos elabora o pensamento contundente de uma testemunha e protagonista exemplar de seu tempo.

Conheci Néstor em 1983, no lançamento do livro de poemas *Galáxias*, de Haroldo de Campos, em São Paulo. Mas já o havia lido. Naqueles anos em que a informação circulava mal, em razão das ditaduras na Argentina, Uruguai e Chile, encontrei-me, em Nova York, com um psicanalista argentino que me passou *Austria-Hungría*, o primeiro livro de poemas de Néstor, lançado em 1980. Pouco depois esse psicanalista e outros fundavam em Buenos Aires a revista *Sitio*, onde foram publicadas colaborações de Néstor e minhas.

Capa de Austria-Hungría, Buenos Aires,
Ediciones Tierra Baldia, 1980.

Austria-Hungría impressionou-me porque sintetizava um imaginário ao mesmo tempo rio-platense e transcontinental. Por exemplo, a "Canción de los nazis en Baviera" podia ser lida ao mesmo tempo em relação ao presente argentino de então e a um passado recente europeu. Na verdade, aludia a um passado em que os pervertidos ou homossexuais eram enviados, como os gitanos e os judeus e outros marginais ou dissidentes, a campos de concentração e assassinados. O livro de Néstor fora escrito à luz dos movimentos de liberação gay, tanto dos Estados Unidos como da Europa e da Argentina (Nuestro Mundo, em Buenos Aires, surgira em 1969, como o Gay Liberation Front de Nova York, que se estendeu pelo continente norte e pela Inglaterra). Estava longe, porém, de ser um volume panfletário, de propaganda. Impressionava tanto sua "temática", sua atmosfera, como sua escrita solta e humorística, que, em plena repressão militar, falava de um bloco de carnaval em Varsóvia. Falava também dos "orientais", os garotos uruguaios perdidos em Buenos Aires, que sobreviviam da prostituição.

Mas era um livro inquietante em um sentido radical, porque sugeria um masoquismo inerente ao próprio fato de ser penetrados: "E eu sentia o movimento de tua suástica nas tripas." Transformava a opressão em gozo, com uma sem-cerimônia em um registro no qual o antecipou o Jean Genet de *Pompas fúnebres*.

Chamou-me a atenção o tom do livro: muitíssimos versos terminavam, ou se suspendiam, em pontos de interrogação ("Esse desejo não é uma armadilha que? se estende, talvez? que?"), que pareciam pedir licença para formular algo diferente, ou novo, mas também expunham um debate íntimo, constitutivo. As interrogações, que se prolongam na obra posterior de Perlongher, são sua invenção: um modo de avançar deixando em suspenso, um modo de construir frases e não concluí-las. A poesia do "barroco", de Luis de Góngora, por exemplo, multiplicava as disjunções e as perplexidades: se não é isto, então é aquilo. O poema era o lugar das dúvidas irredutíveis, da confusão ("em solidão confusa"). Nada mais distante do *facilismo* complacente e doutrinário de certo poetastro macarrônico do

Uruguai e de outros que faziam "poesia política" na época. Perlongher também fazia política; mas não apenas sua escritura, também sua política, eram muito diferentes daquela implacável chatice a que os trovadores da moda nos tinham acostumado.

O segundo livro de Néstor, *Alambres*, escrito no Brasil, via o Rio da Prata à distância e com certa nostalgia. Já não se tratava de povoar os poemas de austro-húngaros e de russos brancos, quando não de poloneses. Aqui, ele se voltou para o século dezenove argentino e uruguaio, para as cartas de Fructuoso Rivera, para as descrições de Echeverría, tentando um neogauchesco risível (parente, nisso, de alguns poemas de Osvaldo Lamborghini), que transformava as proezas e as amizades dos heróis viris em recaídas em uma sensualidade homoerótica, perturbando intenções e dizeres. Talvez a peça mais notável e escandalosa desse livro seja o longo poema "Cadáveres", que transforma as grosseiras tentativas da ditadura de encobrir os crimes em um jorro sinistro, no qual os desaparecidos surgem como piolhos até dos cabelos dos militares. E aqui "cadáveres" são também as entonações, a enganação, a terminologia das "loucas" proscritas e suprimidas pela fachada "moral" do regime. Perlongher, no poema, resgata esses falares ("no florete que não se suga com prazer / porque leva uma orla de merda; na cuspida / que se estampa como creme na vara").

Néstor Perlongher e Osvaldo Lamborghini, Buenos Aires, 1980. (Foto: Arquivo Oscar Cesarotto)

Lembro-me do escândalo que esse poema causou, porque se considerou que tratava de um assunto tão sério, como os desaparecidos, com o tom risonho e derrapante de um chiste. Em 1986 convidei-o a ler na Biblioteca Nacional de Montevidéu, e ao interpretar "Cadáveres" — um dos *hits* em suas leituras — tanto o diretor "liberal" da mesma como sua esposa, alguns empregados e esposas de empregados saltaram enfurecidos e acusatórios. Creio que uma revista de poesia argentina de então, dirigida por um atacante furibundo do "neobarroco", negou-se a publicar o poema. Mas o certo é que nesses versos revivia — e revive — uma vida cotidiana e quase clandestina, falas reais e históricas atravessadas por um desejo autêntico e cômico, em um avatar arrepiante. Com humor podem-se dizer muitas coisas, inclusive algumas verdades.

Capa de Alambres, Buenos Aires,
Ediciones Ultimo Reino, 1987.

Em minha viagem a São Paulo em 1983, quando conheci Néstor, dei uma conferência na Universidade (USP), a qual ele assistiu, sobre o escritor uruguaio Felisberto Hernández e seu conto "La casa inundada". Perlongher surpreendeu-se e se divertiu com essa combinação felisbertiana entre o extravagante e o doméstico e o uso alterado de utensílios de cozinha no que o conto chama de "ritual das fôrmas de pudim": em cada uma delas era colocada e acesa uma vela, que se deixava flutuar pelos quartos da casa inundada, impelidas por uma corrente poderosa que refletia a luminescência. Atrevo-me a assimilar essa visão de Hernández ao título *Aguas aéreas*, poemas que Néstor escreveria alguns anos depois, para dar conta do consumo ritual da droga ayahuasca na religião do Santo Daime, do qual participou. Nos dois casos, trata-se de uma "religião da água" (assim a chama Felisberto), de uma experiência de fosfenos no ar molhado que relumbra, *vis* aquática do ar, vidro proteico que entretém uma orla de visões extáticas.

Em sua breve vida, Néstor fez de tudo: professor de Antropologia da Universidade de Campinas, viajou à França, já doente, com uma bolsa para terminar sua tese de doutorado. Testemunho disso, e de sua exasperação com a "cidade luz", é o poema "Chez Guevara", de seu último livro, *Chorreo de las iluminaciones*, que inclui uma epígrafe de Mario de Andrade: "Detestável Paris".

Se em *Austria-Hungría* predominam os chistes acerca da identidade sexual, e ainda que o valor erótico dos versos se mantenha ao longo de sua produção, esse ciclo (o da liberação gay) fechou-se para Néstor — e para muitos de seus contemporâneos — quando os preconceitos dos "normais" cederam um pouco diante da epidemia de Aids, que afetou primeiro os homossexuais. O fim da homossexualidade é também o fim da "normalidade": claudica tanto o cânone como a patologia.

Em sua última etapa, está ligado, antes, à distorção e à iluminação que produzem as drogas (*marihuana* ou *ayahuasca*) e ao confronto final com o aniquilamento de seu corpo. Néstor sempre nomeou as secreções cotidianas e pedestres: a baba, o sêmen, a urina, que cintilavam em impostações e justaposições imprevistas, semi-encobertas pelos fetiches: lamê, alças, babados, manteletes, sutiãs etc. Agora, em sua agonia, Néstor via correr seus líquidos em uma diarreia incessante: esses fluxos que ele sempre havia estimulado o consumiam. Mas não perde a capacidade poética: a diminuição de sua força física parece aguçar o impulso de sua escritura, testemunha espantada e celebrante da decadência de seu próprio ser. E tampa com palavras o poço, o *"maesltröm"* em que submergem suas energias, mas sem ocultar (nem se ocultar) "os corpos carcomidos nos campos varridos pela lepra", do mesmo modo que a fantasmagoria verbal de "Cadáveres" não ocultava o lado macabro do extermínio.

Ninguém mais ousado que Néstor, nem na temática nem no tratamento, ninguém mais cabal nos extremos do jocoso e do terrível:

Por que seremos tão sereias, tão rainhas
abroqueladas pelos infinitos marasmos do romantismo
tão lânguidas, tão magras
Por que tão quebradiças as olheiras, tão embaçado o olhar
tão de reaparecer nos tanques em que tivemos de afundar
respingando, jorrando a felonia da vida
tão nauseante, tão errante

(De "Por que seremos tão bonitas")

março de 2000

Capa da fita cassete, gravada em 8 de julho de 1989, contendo leituras do poeta de "Cadaveres", "Mme. S." e "Riga". Buenos Aires, Circe-Ultimo Reino, 1989

O JADE OFEGANTE DA PÁGINA

Josely Vianna Baptista

Textos neobarrocos radicais exibem sua textura de elipses, dobras metafóricas, ironias e paródias ao quadrado, *voil* tecido de diferentes fios em vertigem de talhes e detalhes que, não raro, discutem o próprio sentido. Em *Caribe Transplatino: poesia neobarroca cubana e rioplatense*, os poemas de Néstor Perlongher eram especialmente complexos. Isso tornou minha tradução da antologia, revista minuciosamente com o poeta, seu organizador, um exercício de reflexão sobre o solo movediço em que oscila o signo poético.

Formamos, no decorrer do trabalho, uma espécie de epistolário tradutório ("nossas cartas mútuas sendas devem ter se cruzado no caminho interceptando como asinhas de noctilucas eriçadas micropontos nodosos num curto-circuito de chispazinhas ou borbulhas champânicas", rezava o idioleto nestoriano), em que os comentários queriam "espremer o texto até fazer saltar seus filamentos argênteos nas dobras molhadas". Embora quase todos os poemas da antologia fossem em versos brancos, Néstor estava, como eu, tomado pela febre do ritmo. Em certos textos, queríamos manter obsessivamente a medida das sílabas, "como um toque de musical mantrismo". Compartilhávamos a crença (em mim, reforçada pelo estudo da poesia Guarani, com o alento vital de sua "palavra-alma") de que cada poema tem uma respiração própria, sendo parte de seu sentido esse oferecer-se em tempo medido e percebido pelo corpo. "Deus está nos detalhes", martirizava-o eu, pascalianamente, quando nos perdíamos em maranhas em que a "história" e o "real" se dissipavam numa *imaginería perversa* – o desejo (o sexual, e o desejo de forma) conturbando o referente e brocando seu próprio plano de consistência. Durante todo o trabalho com a antologia, que começou em 1989 e se estendeu por mais um ano, gostávamos de brincar com essa nossa queda pelos transbordamentos e refestelos da linguagem, ou, como ele me disse numa de suas cartas, eram "um prazer estes intercâmbios de sutilezas rococós".

No outono de 91, Néstor explicava sua demora em me enviar o prólogo do "engendro caribenho mais platinado que estola de marta em Malibu": "Como não sei se nos veremos, redijo estas apressadas linhas cuja celeridade não condiz com minha demora, pela qual em desculpas me desfaço, mas ocorre que a hirteza é traiçoeira e retorna sobre seus passos na neve de linho dos lençóis". Contava que assim que terminasse de escrever o prólogo começaria a preparar uma coletânea de sua poesia – "minha pior dúvida atual é o título: *Frenesí*? *Lamé*?" — publicada em 94 pela Unicamp, em tradução minha. Menos de um mês depois, escreveu-me dizendo que finalmente conseguira "alinhavar os modestos drapeados (festinha de entrecasa) do prólogo caribenho-transplatino, esmaltando-o de uma intriga sabedora", e que Samuel Leon, editor da Iluminuras, prometera publicar uma versão condensada de seu *Parque Lezama*, resgatando-o momentaneamente da "hirta jacência" da doença que o maltratava, "*rumo a unos humitos nebulosos*". Aliás, *Caribe Transplatino* hoje é citada, em antologias similares produzidas posteriormente, como um gesto relevante e inaugural.

Capas de Caribe transplatino (São Paulo, Iluminuras, 1991) e Lamê (Campinas, Editora da Unicamp, 1994).

Quando comecei a traduzir seus poemas, Néstor fazia rodeios para me explicar alguma cifrada cena sexual, o que era muito engraçado, pois dava pé a longos circunlóquios ainda mais cifrados (ao telefone, São Paulo-Curitiba, e de madrugada), que por fim me levavam, por algum viés perceptivo, a atinar com seu sentido. Imagino que ele invocava, um tanto temerariamente, o acaso, e que acreditava de pés juntos na "vivência oblíqua pela imagem" de que falava Lezama Lima, com seu Eros Relacionável ou Eros Cognoscente, o *logos spermatikos* e tudo o mais... "Minhas barroquezas agora um tanto sublimes (sublim-*hadas*)", brincava ele (um *private joke*), alguns poemas depois.

Criamos uma flexuosa *corriente alterna*: eu traduzindo sua poesia, ele "traduzindo" a minha — escrevendo a apresentação de meu primeiro livro, *Ar*, e o belo, dilacerante "A paisagem dos corpos" para *Corpografia*, que traz poemas meus com desenhos e fotos de trabalhos visuais do artista plástico Francisco Faria. Certa vez, Néstor apareceu em minha casa em São Paulo (onde morei temporariamente, entre 90 e 92) com uns óculos que pareciam emprestados de alguma tia, redondos e enormes, batizados por mim de *hiperquevedos* (alusão aos aros redondos do Quevedo de *Los sueños*, que John Lennon adotou e popularizou na época do *the dream is over*). Por trás das lentes que refletiam a risca-de-giz de suas calças e quase faziam sumir seu rosto magro — o rabo-de-cavalo afundado sob o chapéu de feltro preto, com pinta de *compadrito* existencialista —, Néstor me fitava com os olhões escuros que às vezes paravam, fixos, com o mesmo ar perplexo que reconheci quando me perguntou, a propósito dos poemas de *Corpografia*, se eu andava em busca de uma "alma como alma do corpo".

Mostrou-me, nessa época, sua tradução de um fragmento das *Galáxias*, de Haroldo de Campos, dizendo que gostaria de apresentá-la ao autor. Num fim de tarde paulistano, fiz o patê de Roquefort que ele adorava e nos encontramos em minha casa, Haroldo, Néstor, Faria — encontro vibrante, descrito em outro texto meu, que transcrevo fragmentariamente aqui: "A animação da conversa, que perfez uma verdadeira circunavegação poética — com roteiro pontuado, naturalmente, pela presença de Góngora, Juan del Valle Caviedes, Gregório de Mattos e outras feras — selou as afinidades eletivas 'em poesia e em pessoa' (na expressão de Haroldo) entre os poetas. No escritório abarrotado, por onde na certa já volitavam, invisíveis, anjos *berrueco*-argênteos, Néstor lia em voz alta sua versão para o castelhano das *Galáxias*, com um acento portenho inconfundível. Animado, Haroldo sacou de um exemplar de seu livro, colocou no gravador uma fita com a cítara de Marsicano e, mais que numa simples leitura, entrou num verdadeiro estado de apoderamento poético — 'mire usted que buena suerte le plantaron la mesquita delante de la bodega calamares e um vinho málaga língua liquefeita em topázio à distância de passos' —, e seguiu afogueando a língua, logo os dois numa espécie de repente barroco de brasa e prata que nos encontrou, no final da galáctica via de mão dupla, vertiginosamente enlevados. Haroldo de Campos, lembro aqui a propósito, foi um dos poetas brasileiros mais receptivos ao trabalho de Perlongher – suas obras se tocando no arco de pleno cimbre do neobarroco." Nos dois poetas, a conjunção da herança barroca com o arsenal da moderna poesia de vanguarda (de que o concretismo é momento e movimento estratégico importante) deu origem, na paisagem literária das Américas, a obras singulares, paradigmais dessas "literaturas de linguagem" em que impera, invocando Buci--Glucksmann, a "extrema consciência da representação". Haroldo, que esteve presente ao cinzento e despovoado funeral do poeta argentino, morto em 92, escreveu-lhe o poema "neobarroso: *in memoriam*", em que fala da "unção quase extrema" que foi seu envolvimento com o Santo Daime, a religião originária da floresta da Amazônia Ocidental que utiliza a *ayahuasca*, ou *yagé*, em seus rituais.

A visão nestoriana da poesia como uma forma de êxtase culminaria, justamente, com o projeto "Auto sacramental do Santo Daime", que previa a escritura de um auto (a partir de uma pesquisa prévia do gênero, originado na Idade Média) tendo como tema os hinos religiosos desse culto. O poeta queria que o auto nascesse bilíngue, em espanhol e português, e convidou-me a trabalhar com ele antes mesmo de pleitear infaustamente, junto à Fundação Vitae, uma bolsa para subsidiá-lo. Lembro-me do mosaico de xícaras sem par, com ares de brechó, em seu pequeno apartamento paulistano (o "acampamento em devir aduar") na General Jardim, ele em seu escritório, sentado sobre uma caixa de papelão, remexendo a cornucópia de alvoroçados papéis em busca dos originais e contando — enquanto se debatia entre espantar os fios lisos que lhe caíam pelo rosto e equilibrar a oscilante pilha — como o culto do Daime deixava as florestas e se expandia pelas cidades brasileiras, especialmente entre os "setores da vanguarda estética, intelectual e política". Tenho comigo cópia do longo fragmento inicial desse auto, em que a *Ayahuasca*, um ser andrógino, "fiel aos claro-escuros da luta entre o dia e a noite", dialoga com a Luz (vestida com uma túnica "de lamê bem brilhante"), e com a Força, o Vento e os Índios, tudo sobre um carro alegórico que consistiria numa rampa giratória sobre a qual correria um gongórico rio ("*espejo de cristal*"), repleta de árvores, cipós e flores, animais pintados de cores vivas e uma iridescente anaconda gigante "fechando" o conjunto.

A poesia pode cumprir uma função mediúnica ou xamânica, disse-me Néstor, num dia de chuva. Para ele, que veio de uma base épica — com o Rubén Darío da "Marcha triunfal" ("*Ya viene el cortejo, ya viene el cortejo*") —, andou sobre as ruínas da poesia social, nadou nos rápidos da contracultura, do surrealismo e do concretismo, moldando, com a lama do Tigre, o neobarroso portenho, ver seu Auto do Daime — espécie de extática écloga dos trópicos — encenado para multidões, segundo o rito neotribal de um autêntico show de rock, teria sido a glória. O mesmo projeto recebeu, algum tempo depois, a bolsa de pesquisa e criação da Guggenheim Foundation, de Nova York, mas a sobrevinda morte de Néstor condenou o auto ao fragmento.

A ironia interrogante e o riso corrosivo de seus primeiros textos, em que os sentidos se perdiam em superfície iridescente, com o sujeito, porém, a uma distância estratégica, em textos posteriores se modificam e transformam, por assim dizer, "o amador na coisa amada". O corpo, trágico, torna-se em inscrição, que cifra em si o ofego do corpo que se sacrifica — *jadeo de jade* — em escritura. Como quem já não prefere, invertendo Bródski, a ideia das coisas às coisas propriamente ditas. Em *Águas aéreas*, por exemplo, os medos, desejos, espectros ocultos naquela superfície estão transpassados pela lucidez do olhar de quem, já imerso e retornado da consciência da morte, parece participar no fluxo metamórfico da natureza. Não vejo aí o pudor intranscendente que, aparente paradoxo, subjaz em seus textos mais escatológicos. Momento de mergulho profundo (placenta, sêmen, sangue), agora em silêncio, em águas genesíacas. Um erotismo que o leva, para além do gozo, ao "labirinto de relâmpagos" do êxtase místico. Martírio redentor do corpo (da linguagem): rainha maia que perlonga a vida de seus mortos com o sangue que escorre de sua língua, transpassada pela corda cheia de farpas, entre o êxtase e o transe.

Num fim de tarde garoento, lendariamente paulistano, não calculei direito o tempo que perderia no trânsito e me atrasei para um encontro com ele. Diante de uma figueira enegrecida pela fuligem e a umidade, desci correndo do táxi e, ao subir, encontrei-o tranquilo, fervendo água para um chá de jasmim, que bebemos com flóreos *petit-fours* (observados, de soslaio, pela reprodução de uma das telas de Archimboldo, "Verão", com seu retrato maneirista composto por miríades de frutas e legumes, que Sarduy chamou de "banquetes pintados"). Poesia, tradução, a caça a *le mot juste*, *Paradiso*, *Caribe*, *Lamê*, a escritura como corpo, isto como aquilo — sua fala mansa sempre acompanhada pelos dedos que se desdobravam e volta e meia se congelavam em estranhas poses, feito uma gaita de foles desmantelada, "como se fossem plumas no verso do ar". Trabalhar com esse poeta e amigo foi (tomo para mim as palavras de uma de suas cartas) "uma festa barroca", no instante memorável da cena poética americana em que se inscreve, rigor de íris, sua visceral assinatura.

abril de 2000

OS TRÊS SEGREDOS DE FÁTIMA

Glauco Mattoso

Troquei com Néstor Perlongher textos e confidências. Não nos encontrávamos nem telefonávamos com frequência, mas quando o fazíamos o diálogo intelectual apenas emoldurava a crueza das peripécias íntimas, mutuamente recapituladas. Mais que uma afinidade, era uma cumplicidade em torno de duas obsessões entrelaçadas: a "mulatitude" e o sadomasoquismo. É verdade que alardeei minha atração pelo perfil nipônico, mas na prática convivi mais longa e intensamente com o mestiço típico daqui, exatamente o ideal perseguido por Néstor. Via ele no mulato a corporificação do barroquismo em sua expressão tropical, pelo oxímoro sócio-cultural de que é emblema. Quando, em 1981, comparecia ao Spazio Pirandello para o lançamento de meu *Jornal Dobrabil* em livro, estava acompanhado dum rapaz retintamente negro. Recém-chegado duma poente clausura argentina para a nascente abertura local, como que quebrava um jejum interracial. Seu último companheiro (e enfermeiro) L., com quem foi a Paris, era mais claro, parecidíssimo com meu último companheiro, Severino (mesmo nome do escravo de Wanda no romance de Masoch relido por Deleuze). Severino e L. se conheciam, eram também confidentes e contavam um ao outro como era divertido humilhar seus amantes. Mas entre 81 e 91 Néstor colecionara muito mais mulatos que eu, em sua pesquisa de campo para a tese sobre os rapazes de aluguel. Severino conhecia alguns, entre eles F., cujas botas me obrigou a lamber em sua presença. F. mereceu de Néstor a inclusão dum poema, "Summer 7", no texto da tese, que saiu em livro como *O negócio do michê*. França, seu sobrenome, me reencontrou há poucas semanas num recital em praça pública. Relembra com saudade duas pessoas, dois momentos em sua biografia: Roberto Piva, que o iniciou sexual e intelectualmente quando pivete, e Néstor, que lhe deu mais atenção que a um mero marginal. França foi palavra mágica na vida de Néstor. Antropônimo e topônimo, comum de dois gêneros. Signo borgiano, de ponte entre dois mundos, ou submundos.

Capa de O negócio do michê, *São Paulo, Brasiliense, 1987.*

Não, Perlongher não foi tão sadomasoquista quanto eu, mas compartilhava teoricamente minhas fantasias, mesmo as fetichistas em relação ao pé, pois encarava o sadomasoquismo como faceta paradoxal própria do raciocínio barroquista, e a submissão do branco ao negro, ou antes, ao mulato, como atitude dialética. Acreditava ele estar imbuído duma missão existencial, como diria Sartre de Genet. Faço aqui uma aproximação estilizada de suas palavras. "Não me basta, Glauco, ser poeta na Argentina e antropólogo no Brasil. Tampouco quero apenas me completar como poeta aqui e antropólogo lá. Ambiciono algo transimbólico, como casar um Diadorim negro com um Antônio Conselheiro branco." Façanha que um Vargas Llosa jamais ousaria, mas que Perlongher acalentava, secretamente. Para um leitor conservador de *Macunaíma* ou *Casa grande e senzala* pode parecer um delírio. Para um poeta neobarroco É um delírio, no que tinha meu entusiasmado apoio. Néstor retribuiu esse apoio além da proporção. Cedi-lhe meu arquivo de recortes quando escreveu o *pocket O que é Aids*, e cunhei-lhe de presente o termo "mulatitude", palavra ativa, passiva e reflexiva. Ele, mais generoso, me presenteou com o conhecido posfácio ao *Manual do pedólatra amador* e, de lambuja, passou-me às mãos três documentos preciosíssimos, que conservo como um guardião dos segredos de Fátima. O primeiro já foi aproveitado no próprio *Manual*: era um tablóide portenho, contemporâneo do "Relatório Sabato" e do respectivo libelo *Nunca más*, donde extraí uma passagem sobre o prisioneiro literalmente transformado em cachorro e obrigado a lamber botas, de quatro e abanando o rabo. O segundo era um conto de certa autoria, "El niño proletario", uma das narrativas mais cruéis envolvendo sadismo entre moleques, que ultrapassa a verossimilhança de *As tumbas* de Enrique Medina, *O jovem Törless* de Musil ou o próprio *Milagre da Rosa* de Genet. Néstor revelou-me sua intenção de reescrever o conto às avessas, convertendo em vítimas os agressores burgueses e em mulato o moleque proletário, como parte dos ensaios sobre a "mulatitude" que prometia elaborar. O terceiro fragmento, que guardo como relíquia, testemunho da sensibilidade de Néstor para com o sadomasoquismo dum amigo, é o poema "La Refalosa", de autoria incerta, escrito por ocasião do sítio de Montevidéu. O autor descrevia os requintes de crueldade com que um "unitário" capturado pelos federalistas seria submetido a uma lúdica sessão de tortura. Qualquer dia recriarei aquele poema em português, para dedicá-lo ao saudoso colega.

Não estou seguro de que Néstor intentasse canibalizar (ou carnavalizar), pós-modernisticamente, Rosa ou Euclides. O certo é que tinha a vivência, a ciência (antropológica e antropofágica) e sobretudo o gênio inventivo suficientes. Precisaria apenas de mais alguns anos de vida, que lhe foram subtraídos pelo vírus. Mas semeou sua híbrida erva afrodisíaca, que os aficionados algum dia irão colher, usufruir e replantar. Sonhe com os anjos, Néstor! Não anjinhos barrocos, mas marmanjinhos cor de barro.

Capa de Chorreo de las iluminaciones,
Caracas, Nueva Venecia, 1992.

NOTA SOBRE A OBRA DE
NÉSTOR PERLONGHER

Néstor Perlongher (Avellaneda, 1949 - São Paulo, 1992) foi, além de poeta, ensaísta e professor de antropologia na Universidade de Campinas, no Estado de São Paulo. Sua carreira foi breve e fulgurante. Como ocorre com os verdadeiramente grandes, seu precoce falecimento elevou e magnificou uma obra que, já concluída, não pára de crescer. Cresce pela via do acesso a novas leituras, do interesse em republicar-se postumamente textos já publicados ou inéditos, e dá origem, entre aqueles que o conheceram e o admiram, a trabalhos de recopilação, reedição e comentário. Assim, em dezembro de 1996 publicou-se *Lúmpenes peregrinaciones*, um volume de ensaios sobre sua obra, por críticos rioplatenses, a cargo de Adrián Cangi e Paula Siganevich (Rosario, Beatriz Viterbo). Em maio de 1997, Nicolás Rosa trouxe a lume *Tratados sobre Néstor Perlongher* (Buenos Aires, Ars). Antes disso, mas já postumamente, lançara-se *Lamê*, antologia bilíngue de poemas de Perlongher, com versão para o português a cargo de Josely Vianna Baptista (São Paulo, Unicamp, 1994). Na Venezuela, publicou-se uma mostra de seu último livro de poemas, *Chorreo de las iluminaciones* (Caracas, Nueva Venecia, 1992). A Espasa Calpe da Argentina (pelo selo Seix-Barral) acaba de publicar um volume com sua poesia completa (isto é, *Austria-Hungría, Alambres, Hule, Parque Lezama, Águas aéreas* e o inédito citado, *Chorreo...*).

Na Feira do Livro de Buenos Aires de 1997 lançou-se *Prosa plebeya* (Colihue), edição preparada por Christian Ferrer e Osvaldo Baigorria, que inclui estudos, artigos, entrevistas, contos e também alguns poemas: é uma miscelânea Perlongher, com ênfase na prosa. Traz ramais de pesquisa, áreas de interesse, aportes singulares que os editores dividiram em seções: "Deseo y política", "Barroco barroso",

"Antropología del éxtasis", entre outras. A primeira inclui materiais que datam de sua militância na Frente de Libertação Homossexual argentina (a partir de 1971) e estudos antropológicos que culminaram na tese *O negócio do michê*, sobre a prostituição masculina em São Paulo (São Paulo, Brasiliense, 1987; tradução para o espanhol: *El negocio del deseo*, Buenos Aires, La Urraca, 1994 e Buenos Aires, Paidós, 1999). O segundo bloco, "Barroco barroso", reúne ensaios de crítica poética, como o prólogo a *Caribe Transplatino - Poesia neobarroca cubana e rioplatense*, por ele organizada, em edição bilíngue espanhol-português (São Paulo, Iluminuras, 1991; trad. de Josely Vianna Baptista). Esse prólogo foi reproduzido na recente *Medusario: muestra de poesía latinoamericana* (México, Fondo de Cultura, 1996). O terceiro bloco, "Antropología del éxtasis", apresenta artigos e estudos sobre a religião da *ayahuasca* e os estados de transe que vinculam a poesia ao êxtase ("Poesía y éxtasis" é o título de um dos trabalhos ali publicados). Uma curiosa inclusão na miscelânea são os breves contos de "Evita vive", que imaginam a morta visitando, ressuscitada, enclaves lúmpens.

A *Iluminuras* dedica suas publicações à memória de sua sócia Beatriz Costa [1957-2020] e a de seu pai Alcides Jorge Costa [1925-2016].

**CADASTRO
ILUMINURAS**

Para receber informações
sobre nossos lançamentos e
promoções envie e-mail para:

cadastro@iluminuras.com.br

Este livro foi composto em *Scala* e terminou de
ser impresso nas oficinas da *Meta Brasil Gráfica*,
em Cotia, SP, sobre papel off-white 80g.